詞藝之美

南瀛詞藝叢談

陳恢耀——著

目　錄

第一章　詞的概說

第一節　概說

詞，是一種合樂的詩歌，與音樂有著密切而不可分割的關係；有所謂「詞即曲子詞，曲即詞之曲」的說法（見劉熙載《藝概》），又「詞曲本不相離」，只不過「以文寫之則為詞，以聲度之則為曲」（見宋翔鳳《樂府餘論》）。

詞，又是一種文學體裁，也是詩的一種變體，與詩、歌、賦，及散文等，同為文學中的基本格式。但詞，在一般士大夫的眼中，則是一種詩餘的遊戲文體，即是仿詩的體裁，任意增減其既成的句式，以達到宴樂與調笑之目的而已，所以又叫做「詩餘」或「長短句」；說穿了，就是被視之為民間的俗文學，無法登大雅之堂的東西。

其實，「詞」，是一種最嚴肅的文體，她不僅格律森嚴，字句一絲不苟，而且在表現手法和風格上，都是稜角崢嶸、獨樹一幟、與眾不同的文體，尤其在開闊文藝創作的環境中，她不僅能做到：

（一）能狀寫難描之景。

（二）能表達難抒之情。

（三）能敘述難言之意。

而且還能振聾啟聵、褒忠貶惡、激盪豪宕，及安撫傷痛等。君不見：岳飛〈滿江紅〉的激昂慷慨、洪邁〈南鄉子〉的快意恩仇，以及柳永〈望海潮〉的引人投志，這就是「詞」的威力。所以，「詞」的本質，是一種感人至深、動情至切的文體。

第二節　詞的文學價值

一、性格柔和

詞，比詩顯得宛轉柔和。在同樣的一種境況、一樣的心情下，若將之入詩，如「夜闌更秉燭，相對如夢寐」（杜甫〈羌村〉之第一首），與將之入詞，如「今宵剩把銀釭照，猶恐相逢在夢中」（晏殊的〈鷓鴣天〉），來相比，就感覺到詞比詩顯得格外柔和多了。在詩，固然亦屬佳句，但總覺得有種柔媚無力的感覺，這就是詩與詞的不同處。

二、格調自由

詞，自可依情節選調，自由發揮，詩則要受一定格律的限制；詞相對較能自由地依作者的思想與感情，做多樣化的形式來表達。

因詞句中有長短句，作者可以按自己的情感與音調配合，創作出一些多彩多姿的語句來，並藉著音調的抑揚頓挫之旋律，而激發其情趣感；如：「又是春殘也，如何出翠微；落花人獨立，微雨燕雙飛。」（翁洪詩）但晏幾道乃將之入〈臨江仙〉，如：「去年春恨卻來時，落花人獨立，微雨燕雙飛。」這就顯得明亮與婉約得多了。若再創作成為〈江城子〉調，如：「應猶記，春殘夢碎，人獨立，燕雙飛。」這不正是一幅「情義雙切」的圖畫嗎！這就是「詞」的表達藝術與手法。

三、風格多情趣

詞，自可藉音律來表達其「喜、怒、哀、樂」的情趣。前面說過：詞，本是一種合樂的詩歌，由於音樂之本身即具有「抑揚頓挫」之旋律與節奏，詞句合樂即可歌唱，自然會引發其情緒。當音律到激昂豪宕時，詞意亦自然隨著雄心萬丈，豪氣干雲；當音律轉到纏綿悲怨時，詞意亦好似在一旁慰傷撫痛。君不見岳飛〈滿江紅〉的同仇敵愾、鞭洪邁〈南鄉子〉的快意恩仇，以及柳永〈望海潮〉的引人投志之趣，這就是「詞」的文學價值與魔力。

四、體裁多變化

詞，又是詩的一種變體。在古代一般士大夫心目中，她是一種詩餘的遊戲文體，即是仿詩的體裁，任意增減其既成句式，以達到宴樂與調笑的目的。如：王之渙〈出塞〉詩，本為七言絕句，但經清時紀曉嵐之漏字，而改成為「黃河遠上，白雲一片，孤城萬仞山；羌笛何須怨？楊柳春風，不渡玉門關」的「詞」了。又如：民間常傳有一種叫做「十七字」的詩者，本文體原為一首「五言絕句」，但常為有心人士為了逗笑，而將末五句改為二字；如：「環珮響叮噹，夫人出畫堂，金蓮三寸小，橫量。」末句二字，真讓人拍案叫絕。因大此，所以才被古時一些士大夫叫做「詩餘」或「長短句」；說穿了，在他們認為，這只能當作遊戲工具，是不可登大雅之堂的。

五、音色動人

詞，她本有感人的激情，亦有撻人的威力。她是作者的一種思想，和一種感情的結構，及時代精神的結合體，也是作者個人的個性，和藝術修養的總體表現。由於各人的個性不同，因而創造出「詞」的各種風格，而這種創作的風格，又往往直接反映出某一時代的精神與作者的個性。諸如：

（一）由於岳飛的個性豪放，因而創作出激勵人們「慷慨激昂」之〈滿江紅〉來。

（二）由於周邦彥的情緒沉鬱，因而創作出激發人們「感嘆身世」之〈金陵懷古〉來。

（三）由於溫庭筠的生活柔靡，因而創作出晚唐時代「花間詞派」之歷史背景來。

（四）由於作者的「快意恩仇」，因而創作出鞭洪邁的〈南鄉子〉，贏得了人們的共鳴。

這種種都是「詞」的藝術表現，亦唯有用「詞」，才能激發出人們內心中的各種情趣。

總之，詞，是一種多彩多姿的藝術文體，不僅在表達方式上，可以自由選擇，而且還可藉音律的情趣，來表達作者的思想與個性，真是一種獨特的文體，她不僅能狀難描之景，能表難抒之情，還能敘難言之意。這不僅開擴了文藝創作的境界，更能直接反映出時代人物的事蹟，如表忠貞、抨殘暴、鼓舞士氣、鞭撻壞人，凡屬人情之所至，詞，幾乎無所不能。由之可見，「詞」對中華文化重要之一斑了。

第三節　詞的起源與演化

詞，這個名詞，原本是「曲子詞」的簡稱。

在唐五代以前，僅是一種新萌芽的文體，尚無名無姓，有稱之為「古樂府之變體」者，有稱之為「合樂的詩歌」(即「詩餘」)者，有因先有曲而後填詞的「曲子詞」者，更有因其句式長短不一而叫「長短句」者，渾名很多，但沒有一種叫「詞」的。由之可知，唐五代之士大夫，對於「詞」的認知，還存在著極大的差距的，而且是在各說各話，毫無頭緒可言。

根據近代學者之研究，「詞」，大概是萌芽於南北朝，由於該時代的戰爭頻繁，原有之漢魏樂府，至此已殘缺無幾；為了傳承樂曲，乃不得不一面採擷民間歌謠之精華，一面又輸入西北各民族之曲章，並從而自製新聲；因之南北朝之新聲源頭，計有「吳聲」及「西曲」兩種，隨著文藝體本身之不斷演化，終於啟開了「詞」的萌芽。

待「詞」發展到隋代，已逐漸成形。如〈紀遼東〉及〈一點春〉，即為其「詞」的代表作。至唐李太白始以〈憶秦娥〉而定型。

時至北宋中葉起，歷經詞人柳永及周邦彥等人的努力，將詞的文藝境界，擴大到無所不在的至情至美之文藝體；再經女詞人李清照的《詞論》，及張炎的《詞源》大力鼓吹和渲染的結果，才將「詞」的這個名稱，正式註冊下來；也由於宋代詞學名家輩出，與蘇、辛二氏的力創，才使「詞」從文藝界列為一種獨立的文體，而與「詩、歌、賦」同階並立；更由於「詞」多用「影射、象徵、比擬、婉約，以及渲染」等表現手法，使「詞」成為了一個「千嬌百媚」的情趣體，並從而風行文藝界，真是始料所不及。

關於「詞」的起源，歷代多有論述，然眾說紛紜，莫衷一是；概而言之，不外乎有下列三種說法：

一、由古樂府直接演化而來

宋王灼在《碧雞漫志》中說：「古歌變為古樂府，古樂府變為今曲子，其本一也。」又，王應麟在《困學紀聞》中說：「古樂府者，詩之旁行也；詞也者，古樂府之末造也。」其理由是：

（一）古樂府中，有以「歌、行、引、曲、吟、調、怨」等為題的，而詞亦有以「歌、行、引、曲、吟、調、怨」等為詞調的。

（二）有些詞調，是樂府中早已有的，如：〈長相思〉、〈風入松〉、〈白苧〉、〈醉翁操〉、〈定風波〉等，原本就是樂府中的曲調名，經詞人從中擷取片段，充填虛聲，即成為「詞」，並以原曲名為「詞牌」名。

（三）在藝術形式上，詞，是由樂府歌辭發展出來的，《短簫鐃歌》十八篇，盡皆長短句，謂非詞之源乎？故王國維在其《戲曲考源》中說：「詩餘之興，齊梁小樂府先之。」是也。

二、由近體詩直接演化而來

從事此說者認為：「唐初之詩歌，盡皆五或七言之律詩與絕句，初無長短句。」待至中葉，太白肇其始，〈清平調〉，即為被以樂曲而歌者。又〈憶秦娥〉、〈菩薩蠻〉、〈憶江南〉、〈長相思〉等，本乃唐人的詩句，因其中句有長短，遂為詞家所權輿，而謂之為「詩餘」或「長短句」者。故張惠言在其《詞選・序》中說：「詞者，蓋出於唐之詩人，採樂府之音，以製新律，因繫其詞，故曰詞。」

又有以近體詩直接配樂而歌，而給予調名者，如：劉禹錫的〈浪淘沙〉，與劉長卿的〈謫仙怨〉等。更有以增減近體詩句，直接轉化為「詞」者，如：皇甫松的〈天仙子〉，及張志和的〈漁父〉等，皆是就原有之詩體結構，直接增減字句而成。宋人傾向此說者較多，皆認為是「上承於詩，下沿為曲」，因其品格與詩體，極其相近似的緣故。

三、由民間歌謠間接演化而來（即「虛聲填實」說）

我國詩歌的體制，是民間口語歌謠，在發展上的一種變化；因民間所產生的口語歌謠，其本質上是「鄉土文學」；在經過作家、樂師，和歌唱者的細心調諧與潤色後，在結構上、韻律上、風格上，以及情趣上，都有了新的式樣和發展，也孕育了「和諧、閒婉、纏綿，以及豪宕與哀怨」等新聲；如陶宏景等，仿「吳聲歌」和「西曲歌」，創作出與民歌模式極其相近似的「長短句」作品來，並從而奠定了「詞」的模式。總體來說，「詞」是沿著民間的口語歌謠這條縱線，逐步發展，而奠下基本形式的。

總之，「詞」，原本是流行於民間的通俗歌謠，所使用的語句，又都是民間大眾的口語。且歌詞是要唱的，所以必須合樂；就因為要合樂，所以才必須自樂府與民間歌謠中尋找曲的格律，因夫此，乃知「詞」是沿著南北朝的雜言詩歌一路發展下來的，至唐開始定型，人說李太白的〈菩薩蠻〉及〈憶秦娥〉兩詞，為「百代詞歌之祖」（見宋黃昇的《唐宋諸賢絕妙詞選》），或也是語出有因吧。

第二章　詞的特色

詞，原本是詩歌的一種，我國最早的詩歌，都是用來歌唱的。一般約區分為二種：

（一）樂歌——由人民配合管弦來歌唱的。

（二）徒歌——由人民隨興而又獨自歌唱的。

凡隨樂而歌唱的，自必有曲譜和歌詞，古《詩經》中所有之「風、雅、頌」，都可以合樂而歌的，故古人稱之為「詩歌」；凡不能或不須合樂而唱的，即今之所謂「民謠」是也。概而言之，「詞」與「詩」，乃為一體之兩面，本質上是極其近似的；但若析而言之，「詞」有很多與「詩」不同的特點，尤以其中之格律及風格，與其表現的手法上，都有著很大的區別。今分從詞的五大特色加以說明之：

第一節　詞的格律

以詞的格律言，她都是由所謂的「長短句」所組成，凡句式，從一言到十一言的句式都有，因她完全是配合詞調樂律的需要而定型的；其中又以「三、四、五、六、七言」為基本句法。概括地說，詞的格律，每首都是：「詞有定調，調有定句，句有定字，字有定聲，韻有定位。」這就是詞的基本法則，也被人常稱為「詞的五定法則」，是不容許詞人有任何違背和偏誤的；除非你能自度音律，及自製新聲，否則，你就得乖乖地遵從她的規定。這較之作詩，則似乎嚴肅而又複雜得多了，這是因為「詞」是根據樂曲而發聲成文的。

為便於解說這個「五定法則」，今特錄舉南唐李後主所作的〈一斛珠〉詞來做範例。

題考——曹鄴《梅妃傳》：「梅妃被楊太真逼遷上陽，明皇念之，命封貢珠一斛賜妃，妃不受，並以詩謝曰：『柳葉雙眉久不描，殘妝和淚污紅綃；長門盡日無梳洗，何用珍珠慰寂寥？』上覽詩悵然，令樂府以新聲度之，號〈一斛珠〉。」此即本調之由來。

別名——《宋志・樂府》本有〈一斛夜明珠〉之曲，屬【中呂調】，為隊舞大曲，宋人乃將之入詞，晏殊特改之為〈醉落魄〉，張先又改之為〈醉東風〉，黃庭堅又改之為〈醉落拓〉。其格律均為雙調，五十七字，仄韻（去聲箇韻）。

句法——全詞分上下兩片，每片四句。上片為「四，七，七，九」字句型，下片為「七，七，七，九」字句型。凡兩片末之九字句中，均在第四字處做逗，每句末均押韻，共計八韻。其作者為南唐後主李煜。今錄舉其所作之詞句譜於後：

晚妝初過，沉檀輕注些兒個。向人微露丁香顆；一曲清歌，暫引櫻桃破。

羅袖裛殘殷色可，杯深旋被香醪涴；繡床斜憑嬌無那，爛嚼紅茸，笑向檀郎唾。

由以上所舉之範例得知，這就是一曲定型的詞調，也算是一首唱調的樂譜；這一曲唱調的樂譜名稱，就叫做〈一斛珠〉。今分別說明其「詞」的「五定法則」於下：

一、詞有定調

詞，每一支曲譜，都是用樂譜中某一宮調的管色與殺聲，合組成一組具有一定旋律的唱調，這就是一般俗稱的「樂譜」，文人社會則叫做「詞牌」。

上面所列舉的〈一斛珠〉調，是雙調（即上下兩片合成的唱調）；按「雙調」，是由【夾鐘】均（韻）的【商調】，以殺聲「上」做基音，所組成的旋律，這就是作〈一斛珠〉的樂譜；如欲作〈一斛珠〉的唱調，就必須恪遵該樂譜的旋律規範之，不得任意違背與變更，否則的話，這首歌必將無法歌唱。

二、調有定句

所謂「定句」，是指每一片詞，都有一定標準的語句；絕不容許作者任意增減其中的字句，除非你能知律自度。因為，每一支曲子，早已受宮調中的旋律所制定。凡音律的長短、節奏的緩急，以及音調的抑揚等，都早已定型；若詞文突有增減，則音律與音節，自然無法配合，這就是「詞學」上獨有的特點。

〈一斛珠〉的詞調，是合上下兩片合組而成的，為每句各以五句（共十句）的詞語模式，合組成詞文，這就是〈一斛珠〉詞的定則，不能增，亦不能減；凡欲作填〈一斛珠〉詞者，都必須一體遵行，否則，即成變體了。

三、句有定字

所謂「定字」，是指詞中每一句子，都是由一定字數所組成；凡句中的每一個字，都代表這句樂曲中的每一個音節，字數過多或過少，都足以擾亂句中的節奏。由於樂曲是要表達各種情趣的，所以節奏有長短和緩急；詞句為配合樂曲的各種節奏，因之凡節奏長的，則字必多，節奏短的，則字數必少，故而形成了「長短句」，這也是「詞學」上的另一特點。

〈一斛珠〉詞，全調共五十七字，分成兩片安排：上片計二十七字，區分成五句，以「四，七，七，九」言之規則安插之；下片配三十字，亦分成五句，但以「七，七，七，九」言而安插。所不同之處，在上下兩片的首句：在上片，樂曲有起拍的虛聲，所以用四字即可；但下片雖也有過門，但無虛聲，所以必須安插七字，方能配合上節奏。這完全是跟隨樂律的變化而變化，非任意強為也。

四、字有定聲

所謂「定聲」，是指詞句中的每一個字，都有一定的「平仄」的。凡該用「平」聲字的，就不可用「去」或「上」聲字的；所以，在填詞以前，必先要「嚴審四聲」。

前已說過，詞，是要合樂歌唱的；在音律方面，一調有一調的管色和殺聲，當然一字要有一字的「平仄」，如不合格律，非但不協歌喉，而且還無法句讀。因之，詞在每一句之中，何者用「平」，何者用「仄」，在詞譜上早有規範，其目的是在追求聲調之和諧，及韻律上的完美而又悅耳的表現。至於字的四聲究如何運用，作者將在本書的第三章〈詞體的分類〉中，將做較詳細的說明。

五、韻有定位

所謂「韻」，是指押在每一節詞句之末的字音而言；亦是指每一節旋律之收音的意思。

詞，本是一種有韻的文藝體，所以需要押韻，但並非每句詞語都押；一般來說，一首詞的韻腳，是由該詞調的旋律來決定的。凡詞的韻位，大都是在音律的停拍處；由於每個詞調的旋律不同，其節奏自亦因調而異，故其停拍處亦因之而有別，所以韻位亦隨之而變。

凡詞的韻位，有隔句為韻的，有隔數句為韻的，亦有每句都押韻的，韻位極不一致；但在同一詞調中，其韻位是絕對固定不變的。

上面列舉出〈一斛珠〉的詞體，在上下兩片中，除第四及第八兩句未押韻外，餘均每句都押，而且是「上、去聲」互叶；不可隨意更換韻位，亦不得隨意亂用「字的四聲」。不信就請試試看，把原詞的「上、去」二聲更換位置，或顛倒使用，看看可否歌唱？

第二節　詞的情趣

詞，本是一種可唱的詩歌。由於詞要歌唱，所以必須要配合詞的音律及各種規範。

詞調就是「詞牌」，亦是俗稱的「唱調」。每個詞的唱調，都是用某一宮調的管色和殺聲所組成的旋律來歌唱的，這就是我國古代所特有的樂律。

所謂「宮調」，就是指由調高（管色）、調式（樂律），以及基音（殺聲）三者所組成的綜合音律而言，亦即是由旋宮配音階，所得出的八十四個樂調的通稱；由於各種調的旋律不同，因之也直接影響了各宮調的情趣。據近人余毅恆在《詞筌》中所做的分析與歸類，茲概括分為下列數種：

（一）情近悲怨的——【商調】、【南呂宮】。

（二）情近雄壯的——【高宮】、【正黃鐘宮】。

（三）情近冷雋的——【越調】。

（四）情近蘊藉柔靡的——【大石調】、【小石調】。

（五）情近飄逸綿邈的——【仙呂宮】、【道宮】。

（六）情近活潑舒暢的——【雙調】、【高平調】。

（七）情近莊嚴端肅的——【黃鐘宮】。

（八）情近曲折隱約的——【中呂宮】、【般涉調】。

以上所述的樂性與情趣，是一種概括性的近似值，僅提供詞作者的擇律和選調的參考；當然，也有與宮調的樂性、情趣不合的。如〈甘草子〉一詞，本是屬【正宮】的調，按樂性應該是「豪宕流放」的情趣；但柳永所作的〈甘草子〉，則是一片「花間麗語」（見清金粟《詞話書評》）。又如〈水龍吟〉一詞，本屬【越調】，其樂性應是「情近冷雋」的情趣；但蘇軾和辛棄疾二人所作的〈水龍吟〉，則都是蘊藏著「豪情萬丈」者。可見，上述的宮調情趣，並不是絕對的，端視其作者的個人風格而定論。

第三節　詞的風格

所謂「風格」，是指作者個人的個性、思想，以及藝術修養的總體表現而言。因作者的個性、思想，以及藝術造詣的不同，故而使詞體產生出各種不同風格。前人把詞的風格，概分為「豪放」與「婉約」兩派，並以「辛、蘇」之「雄放豪宕」與「秦、柳」之「嫵媚風流」定型為兩派之代表，真可謂之為「儼然若判」。時到今天，近人猶多沿用其說。

然而，詞的風格，若僅以「豪放」與「婉約」來做區分，謂之為「流派」則可，謂之為「風格」，則稍嫌廣泛與不實。如：劉勰在「八體」中說（見《文心雕龍・體性》），這雖曾將詞作品進行有系統的分類，但其間所創立之類目名稱，似難獲社會一般之共識，故不足據之為圭臬。唯近人余毅恆先生所擬之分類，時人頗以為較切合其事實，今特將之摘錄如下，以供讀者參考：

（一）**豪放型**——凡豪放的風格，處處表現出「理充氣壯，格高調響，跌蕩縱橫，浩瀚流轉」。如岳飛的〈滿江紅〉是也。

（二）**沉鬱型**——沉鬱的風格，表現出是「感懷身世，俯仰古今，情志鬱結，豪情內隱」。如周邦彥的〈西河・金陵懷古〉是也。

（三）**清新型**——清新的風格，處處表現出「芟除蕪雜，淘汰陳言，鮮潔爽脆，新穎逸群」。如秦觀的〈滿庭芳〉是也。

（四）**雋逸型**——雋逸的風格，處處表現出「落落自在，矯矯不群，意清句秀，神態飄然」。如陳其義的〈臨江仙・夜登小閣憶洛中舊遊〉是也。

（五）**華麗型**——華麗的風格，處處表現出「辭藻豐富，采艷奪目」。如吳文英的〈漢宮春・芍藥〉是也。

（六）**平淡型**——平淡的風格，處處表現出「平易簡明，不事巧飾」。如白居易所作的〈楊柳枝〉是也。

（七）**柔靡型**——柔靡的風格，處處表現出「柔媚纖巧，意象纏綿」。如溫庭筠所作的〈南歌子〉是也。

（八）**詭曲型**——詭曲型的風格，處處表現出「奇峰突出，變化無常，措詞閃爍，意境不可捉摸」。如陳鬱的〈念奴嬌・詠雪〉是也。

（九）**嚴謹型**——嚴謹型的風格，處處表現出「用語穩健，結構嚴謹」。如晏殊所作的〈浣溪沙〉是也。

（十）**疏放型**——疏放型的風格，處處表現出「用語俐落，結構自然，氣態瀟灑，格調大方」。如蘇東坡的〈蝶戀花・密州上元〉是也。

第四節　詞的唱調

「詞調」，就是一首詞的唱調，亦即是民間所謂的「歌譜」，它的名字叫「詞牌」；每一「詞牌」都是根據某一宮調所特有的管色和殺聲所組成的一定旋律來做「唱調」的。所以，「詞牌」就是這首詞的旋律，也就是這首詞的樂譜名稱，它是分屬於各個宮調的。因之，關於詞調的來源，與詞本身的產生，是有著絕對關聯的。茲分別加以說明如下：

一、詞牌的由來

（一）來自古樂府曲名的假借

詞調的名稱，原就是古樂府中的曲名；因詞人從某樂府中擷取其某一片段，而另譜新腔，但仍沿用其音律；為了表示此新腔係出自某曲，乃借用原曲名為做新腔的詞調名。如古樂府中原本有〈長相思〉、〈風入松〉、〈醉翁操〉等曲名，但因新腔係取自該曲中之片段，故而仍以該曲轉做新腔之「詞牌」名。又，樂府中本多有以「歌、行、引、曲、吟、調、怨」等為題名的，而後新腔亦多有以上列等名為題的。足證這些詞牌名，都是從古樂府之曲名中假借而來的。

（二）來自民間歌謠曲譜的假借

我國詩歌的體制，原本就是由民間口語歌謠中脫胎而來。由於口語歌謠是地方鄉土文學，難免有些在音律上、詞語中，以及風格上，有或多或少不適應於廟堂上；後歷經各時代之樂師、唱者，以及詞人等之大力改革，始成為今日之體裁；如李太白的〈菩薩蠻〉，原本就是為女蠻國入貢之事所製的曲；另如〈漁歌子〉，原本屬民間打漁的歌謠；〈二郎神〉，原本是民間祭神的歌曲；〈破陣子〉，原本是軍伍中的進行曲；〈霓裳羽衣曲〉，本就是傳自西涼的民歌；〈梁州令〉，本傳自邊地的梁州等等。這些都是從古樂府之曲名中假借而來的。

（三）來自詞作者、樂師，和歌者的自創

一些樂師或歌者，由於以樂為業，日夜薰陶在旋律中，自然激發出一些職業上的靈感天賦，並從而自製新腔；如〈雨霖鈴〉，即為樂師張野狐，因隨玄宗途中遇雨而新創；又，〈春鶯囀〉，乃為樂師白明達，因唐高宗晨坐聞鶯叫而首創；又，〈喝馱子〉，乃單州歌者葛大姐所自製。以上都是教坊樂工或市井賺人所作，只緣音律別具特色，故至今近人猶多唱之。

加以自唐、宋時起，凡精通音律之詞作家，則世代輩出；如周邦彥、柳永、姜夔等人，他們不僅能知音，而且還能自製自度，如〈晝夜樂〉、〈兩心同〉，以及〈殢人嬌〉等，就是柳永的代表作品；又如〈揚州慢〉、〈惜紅衣〉、〈淒涼犯〉，以及〈長亭怨慢〉等，皆為姜夔自製與自度的作品。還有當時的國家樂府，一面整理國家音律，審理古音古調，一面加強增演各種的大曲及法曲中之「慢、引、令、近」，或進行移宮換羽，或從中擷取片段，另譜新聲，如〈六州歌頭〉、〈水調歌頭〉、〈霓裳中序第一〉、〈薄媚摘遍〉、〈泛清波摘遍〉，以及〈征招調中腔〉與〈法曲第二〉等等，均以按樂律為之，故其曲遂繁（見張炎《詞源》）

當然，詞調之來源，尚不止此；前面所列，僅不過是比較常見的部分而已。另外，還有來自軍樂，與民間祭祀，以及「婚、喪、喜、慶」等之祝賀音樂等，這些皆可稱之為「詞調的源頭」者。

二、調名的產生

（一）緣題而製名

「詞」，在南北朝時，是沒有題名的；一般士大夫認為：「詞」，本乃詩之餘興，古樂府之末造也，不足以登錄入國家大雅之堂，故而無名。待詞至唐末，始見李後主的〈搗練子〉、張志和的〈漁歌子〉等，始有調名做題意者。尤時到北宋，由於知音之人才輩出，以致調名與詞的內容不盡相合，乃不得不跟隨因題意而製名矣。

（二）沿用古樂府舊名

詞調，原本就是古樂府中的曲調名。因詞人多係從古樂府中擷取其片段而自度新腔，但卻沿用其音律，乃不得不標示出此腔的源頭出處，因而多沿用其舊名做詞牌名，如〈蘭陵王〉、〈後庭花〉、〈烏夜啼〉、〈何滿子〉，及〈虞美人〉等，等曲名，本該屬古樂府之曲牌名，後因詞人從中擷取片段而製成新腔，為標明此新腔曲律的由來，乃仍冠以舊名，用資識別。

（三）揀取詞中語而製名

詞，有以詞中語而另製其名者，如〈一葉落〉、〈花非花〉、〈天仙子〉、〈憶王孫〉，以及〈剔銀燈〉等，皆本為原詞中之用語，乃因詞作者對其語句有特別喜愛，乃由原詞中將之挑選出，做其詞調名者。

（四）擷取前人詩中語而製名

詞，本上承於詩，下沿為曲者，故古人多以詞即為近體詩演變的說法，因而有：「詞為詩之餘興也。」其實，唐時的合樂詩歌，多以五言或七言之絕句入樂，或截取律句中四句而入樂者。如〈點絳唇〉，取江淹詩中的「明珠點絳唇」之語而製名；〈高陽台〉一詞，即宋玉的〈神女賦〉詩中的語句；〈滿庭芳〉，則是柳宗元詩中的「滿庭芳草結」；〈丁香結〉，則是從古詩中的「丁香結新恨」截句而來；〈解語花〉，乃是取自《天寶遺事》中的詩句等。或以增減近體詩句而製名者，或以離合近體詩句而製名者，或以詩之名句而製名者，不一而足，唯皆借前人之有名詩句，而顯示其詞之名氣及風格者，當非狂妄之言也。

（五）以人、地、物名做題

詞，除以上列各種方式而製作題名外，亦有用「人名、地名，及物名」等，而做題名者；如：〈多麗〉一詞，本為「張均」之名，因移轉而做「詞」之題名者；；又，〈念奴嬌〉一詞，為玄宗時之歌妓名「念奴」之名者；又，〈揚州慢〉，乃姜白石在過揚州時的愴然有感之作；又，〈陽羨歌〉，乃賀鑄在遊「陽羨」（今宜興）時之作；又，〈蘇幕遮〉，原為西域女子所頂戴之帽名；又，〈一斛珠〉，原為唐玄宗因賜慰「梅妃」之寂寞，而所贈之明珠名；又，〈荔枝香〉，本為唐明皇賀贈「楊貴妃」生日之禮物名等等。

（六）取自古籍語錄而製名

詞名，亦可假借古代所流行之語錄，而予以製名者；如：〈解連環〉，即取自《莊子》的「連環可解也」之句；〈華胥引〉，即取自《列子》的「黃帝晝寢，夢遊華胥氏之國」而製之名；又，〈塞垣春〉，則取自《漢書》中的〈鮮卑傳〉之句者；又，〈玉燭新〉，係取自古樂府《爾雅》卷等等。

當然，產生詞調名的來源尚不止此，在這裡僅做了概略性的列舉；另外，還有以詞體本身的「字數多寡、字句異同，以及韻拍與宮調」等，用來製調名者，亦屬常見之事。總之，綜觀我國詞調名稱的產生，約可分作三個階段，今以〈河瀆神〉一調，來分別加以說明：

1.第一階段

最初是因民間有舉辦「賽河神」而需要歌唱時，始敦請詞作家，先作「賽河神」歌詞，而後由樂師將之譜入樂曲，所以這個曲調，就被名之為〈河瀆神〉調，這就是所謂的「緣題而製名」的詞調名。

2.第二階段

由於這個曲調的普遍流傳，現已成為民間最流行的熱門曲調之一，不在祭河神時也有人唱，於是一般詞作家，就用別的意境或情調來另作內容，但套用其樂曲，因之此詞之調名與詞意，就日漸遠離了。

3.第三階段

詞，自進入兩宋後，由於知音人才輩出，他們不僅對音律能自度自製，而且還把作詞的意境，擴展到前所未有而又多彩多姿的藝術境界，不僅是佳作連篇，而且風格各異，為了展示其與眾不同的心態，常喜從原來的詞句中，挑選出最得意之詞句來另做調名者。所以，詞之名，愈到後來愈多，其原因就是這種狂妄的心態所造成的結果。

總之，詞在初起時，大都無調名。換句話說，「題意就是詞調的名稱」。故唐詞多緣題所賦，如〈臨江仙〉則言仙事，〈女冠子〉則述道情，〈河瀆神〉則詠祀廟，大都不失本題之意；爾後漸變，去題遠矣（見宋人黃玉林之《唐宋諸賢絕妙詞選》)。這是詞人依曲調的音節所製作出來的，所以此時的調名與詞意尚稱統一。

自唐代以後，由於某些曲調的普遍流行，遂成為地方上的民歌風尚；文人為應時代之所需，乃別以抒情的意境來作詞，於是調名與詞意就失去連帶關係了。詞至兩宋，知音人才輩出，自度與自製之曲調，大都是隨詞作者個人之喜怒而制定；甚至有將前人之詞題一再更改者；〈一斛珠〉調，本係明皇贈梅妃之作，改來改去，殊屬非是。

第五節　詞的體裁

詞的體裁，是指屬於某宮調內的一種詞語所組成的形式而言，亦就是所謂之「詞體」。凡宮調因旋宮法則所列管之八十四宮調，各以其音律之不同，因而各具有不同之情趣；即使在同一宮調內，又因各調所表達的內容不同，而衍生出各種不同的體裁；更因詞作家又別自創出不同的字數、不同的叶韻，以及不同的句讀等，使得詞體的數量，愈來愈多，愈演愈繁。根據清康熙的《欽定詞譜》中收錄，共計有「八百二十六調」，總收錄有「二千三百零六體」，此中還不包括別名在內。由之可知，詞，在中華文化領域中之一般了。

通常，一個詞調之中，會出現好幾個詞體，這是由於詞語中會「字有多寡」、「句有異同」的關係；若再計較及「叶韻」(平仄)與「調式」(單雙調)，那詞體的數量就更多了。總之，詞體之所以會「愈演愈繁」的原因，是由下列幾種因素所造成的：

一、詞體法則的變更

前已說過，詞是要嚴守「五定法則」的。凡符合「五定」之要求，就是同體；否則，就是異體；即使仍屬為同一宮調之旋律內，也只能稱之為「同一調式」，但不能視之為「同一體裁」，因為它對本調的旋律，一定有所增損故也。詞所以造成多體的原因，有下列幾種現象：

（一）詞體字句之不同

詞，在同一詞調內，所有字數，一定相同；若不同，即成變體。如〈臨江仙〉一詞，正體應該為五十八字，但該調則自「五十四、五十六、五十八、六十、六十二、七十四，而至九十三字者」，共有七式十三體之多。

（二）詞體起拍之不同

在同一詞調內，有以七字起拍的，有以六字起拍的，也有以五字，或四字、三字起拍的。如〈浪淘沙〉一詞，本是用七字句（即七言絕句詩）起拍，而李後主所作，則是以五字句起拍，宋祁則更是用四字句起拍的。

（三）詞體叶韻之不同

詞，在同一詞調內，用韻亦各有不同，因為「平仄四聲」之本身，就各自具有情調在，這完全端視詞作家個人之愛好，與詞句之內容而定。有些作者善用拗怒句，當然用仄聲韻，比較容易突顯其情緒；有些作者善用和諧句，當然，平聲韻是比較容易表達其意思。詞調由於平仄的不同，自然會在音律上，引起了情緒的差別，而成為另體。

二、詞體結構的變更

詞，在經唐宋詞人的大力擴展後，所有舊式的體裁，已無法滿足新一代詞人之所需，故一般較具知音的作者，乃不得不全力從原有的曲調中求發展；或將繁雜的原體簡化為「單調」，或將舊有的「小令」改變為「慢詞」，這種結構重組的結果，自然又增加了新一代的詞體不少。總括其變更的方法，約有下列幾種：

（一）詞體片數的變更

曲詞，自從發展成「長短句」後，不僅擴大了文藝表演空間，並從而開啟了詞人的文學思路。曲樂經此大量採用的結果，當然不夠應用，於是一般知音者，起而創制新腔，其方法為：

1.以簡變繁

就是將原有之小令，逐步變更成慢詞；如〈梁州令〉，本為小令，後有〈梁州令疊韻〉，即是將小令樂曲，重複演奏一遍。

2.以繁變簡

就是從多遍的大曲或法曲中，擷取音節優美而又能獨立自行起結之片段，做新腔樂譜，而後填上曲詞，如〈泛清波摘遍〉、〈法曲第二〉，及〈水調歌頭〉等皆是。

（二）樂曲旋律的變更

詞，變更樂曲的方法亦很多，但通常以變更樂曲的節拍或曲調為主，而使詞體之字數亦隨之變動。如〈添聲楊柳枝〉、〈偷聲木蘭花〉，以及〈攤破浣溪沙〉等，跟原詞體的字句都不相同。有的是因樂曲之宮調轉移而另成新體，如〈轉調踏莎行〉，就是由〈踏莎行〉轉移而來。

（三）詞體句法的變更

詞，變更句法的方法亦很多，但通常以句讀及句式為主。所謂句法，是指合乎樂律的一組詞句而言。如「笑鮮花正作江山夢」，這是高觀國在〈賀新郎〉中的定型句讀，也就是將兩句撮合成一句的八字句；若欲將之破開，則自然成為「笑鮮花，正作江山夢」兩句了；雖然詞意未改，但句讀已增加，自然成為另一新的體裁了。這也是句式的變更，凡增多或減少，都足以使旋律變動。

三、詞作家的創新

造腔、作譜，是「詞」在發展過程中，最主要的原動力。以往的「詞」作者，其作「詞」的方法，一是「依譜填詞」，另一是「依詞製譜」；前者是一般文士的作法，後者則為專業樂師的責任。

詞，自宋代起，知音人才輩出，因而造成了兩宋時代對「詞曲」創制的高潮；他們不僅能知音自度，而且還有優秀的文學修養，將一個「詞文與曲譜」，完全由各人自製；如「柳永、周邦彥、姜夔」等，確屬此中之佼佼者。由於他們是既深通音律，又擅長於詞文的作者，所以他們出版的新詞體不少。尤者，宋代詞人，常喜愛將詞語中某一自認最得意之語句而將之拔擢作本詞之「題名」，由之，在某一原名之下，另樹立別名，甚至竟有達十數「題名」之多者，如〈憶江南〉一詞即是，以致造成了許多「詞題」與「詞意」不相吻合之現象。

總之，詞調是專屬於某一宮調內的管色和殺聲所組成的一首旋律，而詞體則是詞調的文字組織。曲律與詞文，原則上都是固定的；但知音的詞作家，為了要創制新腔、新調，經常將原已固定的旋律和詞文，或做移宮換羽，或做偷聲減句，或著意顛倒平仄，或戲弄撮合與解破，致使詞「體」愈來愈多，「調」愈演愈繁。人言「詞」為「詩」之餘，殊未料「詞」竟「青出於藍，而勝於藍」，此或因「詞」之「長短句」與「風格」有以致之也。

第三章　詞體的分類

「詞」，體類很多，此乃由於歷代對詞體分類的不同，所引發的結果。前人在詞體的分類上，有以把詞體分為九類者，如「法曲、大曲、慢曲、引、近、序子、三台、纏令，及諸宮調」等（見宋人張炎《詞源》）；有以詞體所用字數之多寡做標準，而分成「小令、中調、長調」的；也有以詞體的章句結構做標準，而分之為「單調、雙調，及三疊、四疊」的；更有以詞與樂章的關係做標準，而分之為「令、引、近、慢」的。由於前人分類不統一，所以在詞體分類上，便成了各說各話的局面。所幸在重要的稱謂上，還是有部分共識的；今特以詞的「體制、結構、形式、節拍，及法則」等類別，逐條簡介如下：

第一節　以詞的字數多少區分

衡諸近代詞人對詞學的分類，似乎較接受與樂曲關係的說法，這是因為「詞」畢竟還是需要配樂的。凡無法合樂的詞歌，只能算是一首民間的歌謠；因乎此，詞的「令、引、近、慢」之說，就這樣沿用了下來。

一、令

令，是指即席隨口唱出的遊戲小調而言。乃古時士代夫在宴席上行樂的一種臨場遊戲之作；交由歌女當場演唱，以助酒興；但亦有因偶感而臨時抒展其情緒，或表達其意志者；如韋應物的〈調笑令〉，即是感時之作。

凡「令」之風格與情調，頗與民歌相似，故謂之「小令」。宋翔鳳在《樂府餘論》中說：「詩之餘光有小令。」由之而知，「小令」實為民歌之雅作，即「長短句」之源頭也。

二、引

引，是指將原有簡單之樂曲再加工，引伸為較繁雜的樂章之謂也。換言之，乃為將「小令」的樂曲再行延伸而成新體者即是。凡宋代詞人，常喜竊取唐五代所作的「小令」，曼衍其聲，別作新腔，這就叫做「引」。如王安石的〈千秋歲引〉，即是竊取唐樂府中的〈千秋歲〉舊曲而展現出的一種新腔。

三、近

近，即「近拍」，亦為詞體之一種，是指此調與某一詞的曲樂很相「近似」的意思。如〈祝英台近〉，是說此曲和〈祝英台〉曲子很相近似（請參閱本章第四節之「五、近拍」條）。

四、慢

慢，一般是指「長調」（即字句較多的調子）而言。由於該詞字句多，其所配置的音樂節拍亦多，故耗時亦必長，自然其唱亦慢；加以尾音多裊娜，大有不欲輒止之意，故曰「慢詞」。

（一）唐五代詞人多作「令」曲，慢詞不多見。

（二）宋代詞人，則以「令、引、近」三者為「小詞」，以「長調」為「大詞」。

（三）元代詞人，不分「令、引、近、慢」，一般統稱為「大樂」。

（四）明代詞人毛先舒在《填詞名解》中，指述「古人定例」之說，如：

1.五十八字以內為「小令」。
2.五十九至九十字為「中調」。
3.九十一字以上為「長調」。

（五）清人紀曉嵐等，在《御選歷代詩餘》中，悉去前人之說；並概以詞體字數之多寡為次序，不另做別的區分。

總之，詞體的名稱，原本出自古樂府中之「大曲」；凡歷代知音詞人，多各就本宮調予以調製，本為知音度曲者之常態；如使「令」延而伸之則為「引」，「引」而相從謂之「近」，「近」而延長之則為「慢」，其始皆「令」也。唐代詞人於歌舞劇中，擷取其片段樂章，移作「小令」，故「令」詞的風格與情趣，多與民歌相似。「引」，本為樂府詩歌之一種，且在唐、宋的大曲中，本有「引」之一則。「近」，乃「近拍」之省稱，二者均為詞作者從大曲中，截取片段樂曲，而後填以詞文者。

至於「慢」，乃長曲也；其特點為：「字多，韻疏，調長，聲慢、尾音裊娜多姿」等，故其「用時久，音韻長，節拍多」；故「慢詞」亦不多見。吾人故不可拘泥於毛氏之說，但亦覺其說有「通流俗之易解，合眾調之概稱」的義在，是詞界學者在論「詞」仍多沿用之故也。

第二節　以詞的章句結構區分

詞，依章句結構的形式，約可分之為「單調、雙調、疊韻，以及疊片」等。一首詞，就是一支完美的歌曲；由於詞與樂曲的關係，其結構多是分段來處理；最常見的是分作二段，也有作三段或四段的，當然也有不予分段的單片詞者。在音樂上講，凡「詞」的一段，就是「樂曲」的一遍，也就是指這支歌的全部音樂組織。由於各支詞調的樂曲不同，所以，詞在章句結構上，就有各種不同的組織形式。茲分別簡介如下：

一、單調

單調，是指不分段的單片詞而言。「詞」的最早形式是不分片段的單調小令；在唐五代以及北宋初期，詞的名稱，就是「詩餘」；

是以民歌或古詩體為本，從中或增或損，隨意改造而成的，因之多為單片詞。如李清照的〈如夢令〉、韋應物的〈江城子〉是也。

二、雙調

雙調，是指由上下兩片詞句合組而成的唱腔而言；雖曰「雙調」，但其實只是一個調。所謂「雙調」一辭，原是指宮調中的一個「曲調」名，屬【夾鐘商】；自元、明兩代以來，一般人常把凡由兩片詞語合組的令詞，統稱之為「雙調」，因而與宮調之曲調名相混，殊不應該。但因事積久成習，就只好繼續沿用下來。

本來，「雙調」這個名詞，在宋代是叫做「重頭」(重複的「重」，平聲)，即是由上下兩片之句式與音律完全相同的唱調組合而成，也叫做「重頭小令」；因為：「重頭」，只有「小令」才有。如〈南歌子〉、〈漁歌子〉、〈浪淘沙〉等是也。當然，也有下片第一句與上片第一句不相同的，但那就叫做「換頭」，而不叫「重頭」了。

三、疊韻

所謂「疊韻」，是指將原兩片的詞體，用原韻再疊一次，成為「四疊」，如〈梁州令疊韻〉，就是以〈梁州令〉原詞的格式，再重複填製一遍，即是由五十字倍增為一百字的意思。

「疊韻」，本是調製「慢詞」的方法之一；它完全是依據「小令」(包括「重頭」或「換頭」)的格式而做重複一次，所增疊之句式，應完全與原詞調式相吻合，不是另製新腔，亦不許變更其原來的樂律；如上例之〈梁州令〉，本是上下兩片的「小令」詞，晁無咎則將兩首〈梁州令〉合而為一首，就成為四片的慢詞了，這種作法，就叫做「疊韻」。宋人則常為之，如蘇東坡作的〈江城子〉十三首，都是用牛嶠的詞體而加以重疊一次所作成的。

四、疊片

所謂「疊片」，是指將「慢詞」中，已分為三段或四段之歌詞，歸納成為一整疊的歌體而言。凡屬「慢詞」，因其「字句多，韻疏，而又聲長」，故唐宋詞人，常愛做分段處理，是「慢詞」常見有三疊或四疊之作。

至於「慢詞」的調製方法，是與樂律有直接關係的；或因各疊句的句法完全不同，如〈蘭陵王〉；或因第一疊與第二疊的句法雖然全同（但有「換頭」），但第三疊句之句法，與前兩疊的句法完全不同者，例如〈西河〉；這是三疊詞的句法，也叫做「雙拽頭」的。至於「四疊詞」，則與「疊韻」中所製成的「四疊詞」迥然不同；凡「疊韻」所製成之「慢詞」，是由「重頭小令」加倍複製而成；而「疊片」所成的「慢詞」，是在一支旋律下，將所填的詞文，分成四段歸納之，因之詞雖分之為四段，其實還是一支完整的調式，可同時視為一支完美的歌曲，不會因已分作四段，而成為四支歌的。

本來，「疊片」一辭，亦叫做「排遍」，是古樂府大曲中常用的語辭；凡舞曲中，常見有以旋律做突顯其音律情趣者（或移宮換羽，或緩急促節），故其音律常由多遍組合而成；有些大曲，竟然有多達數十遍者，如〈破陣樂〉即是。又，〈霓裳羽衣曲〉凡十二疊，前六疊無拍，至第七疊方謂之「疊片」(見《夢溪筆談》)。可知此「疊片」，原是指某曲中的第×遍之謂也。《詞律》把詞句分作二段者稱之為「二疊」，分作三段者即稱之為「三疊」，原非古人之意，然今已習久成是，也只好跟隨著而沿用了下來。

第三節　以詞體的形式區分

詞，在同一調式中，有因其形式的不同，因而衍生出不同的體例；茲分別簡介如下：

一、重頭

重頭，亦叫「不換頭」。這是指「雙調」詞的上下片的字數而言。一般叫做「重頭小令」。凡「雙調」詞的上下片，其首句字數相同，就叫做「重頭」；但也可分為兩種形式：

（一）上下片所屬字句完全相同者；如南唐李煜所作的〈浪淘沙〉是也。

（二）也有上下片首句字數相同，但全片字句並不盡相同；如王安石的〈商春怨〉是也。

二、換頭

換頭，是指「雙調」詞的下片首句，跟上片首句的字數不同，叫做「換頭」。一般來說，凡「換頭」的詞，其上下兩片的字數大都不整齊；唐代詞人，多無「換頭」之說；即使從單遍發展到雙遍，最初還是上下兩片句式完全相同的，如〈采桑子〉、〈卜算子〉，以及〈釵頭鳳〉等詞是也。後因「雙調」下片開始處，每多繁聲，以致音樂節奏有所改變；故而不得不將歌詞的句式也稍加改變，因之便形成了與上片首句的不同，如〈一斛珠〉、〈清商怨〉，以及〈夜遊宮〉等詞是也。

另外，「換頭」亦有稱之為「過拍」者，此乃明、清兩代詞人之用語；更有稱之為「過片」或「過腔」及「過門」者。其稱呼雖然不一，但均為指說「換頭」之事，當無疑義。

三、雙拽頭

所謂「雙拽頭」，是專指「三疊式」的慢詞而言。「拽頭」不是「換頭」，它的條件是：第二疊的「句式與平仄」，要和第一疊的「句式與平仄」完全相同，使之在形式上好似第三疊的「雙頭」，這樣才可以叫做「雙拽頭」，如周邦彥的〈雙頭蓮〉是也。

當然，三疊式的「慢詞」，並非都是「雙拽頭」式的。如〈戚氏〉一詞，第一疊的句式，與第二疊的句式不同，因而只能算作「三疊慢詞」，而不可稱之為「雙拽頭」。

又如〈西河〉一詞，雖然在第一及第二之兩段句式相同，但在第二段首句，卻用了「換頭」，故亦不得稱之為「雙拽頭」詞了。因之，在古今「詞譜」中所收之三疊慢詞，可稱之為「雙拽頭」者，並不多見。

四、又一體

在同一詞調下，後人對前人之所作，用「增、減、分、合、移字，及換頭」等方式，變更了詞的原來結構，所填出來的新腔，就叫做「又一體」。雖然，他們有從中改變了詞的組織形式，但是他們仍然沿用了原詞的音調，所以不能說是別調；但又與原詞的結構有所不同，亦不能稱之為同調式之作，所以只好用「又一體」名之。這是清代《欽定詞譜》所創立的新名詞，在此以前，還未發現有同樣或相似的稱謂。

有關改變詞體結構的方法，約有下列幾款：

（一）增減字數

用增減字數的方法來改變；如賀鑄的〈青玉案〉一詞，上片的第二句為六字，下片的第二句為七字；但張榘則於上片第二句增一字，遂使詞的上下兩片的字句全同，而成為該詞的「又一體」了。

又如晏殊的〈胡搗練〉，本為上下片字句全同；但晏幾道卻於該詞下片首句中減一字，遂與上片組織不同，而成為詞的「又一體」了。

（二）分合句法

以分合字句的手法，來從中改變。如蔡伸的〈西地錦〉，本是上下兩片字句全同者；但周紫芝硬將下片末三句，改成七言與五言兩句，其字句遂與上片不同。

（三）變更平仄

如賀鑄的〈眼而媚〉，本為上片五句用三個平韻，下片五句用兩個平韻；但趙長卿將之改為上下兩片五句中，都改用三個平韻，遂成為此調的「又一體」了。

（四）移動字句

移動字句，對詞體句式無增減，只是把上下兩句間的字，做互相移動，另組新句而已。如晏幾道的〈好兒女〉詞中，有「應是行雲為路，有閒淚，灑相思」，本為「六，三，三」的句法；但黃庭堅卻改為「玉酒復金杯，盡醉去，猶待重來」，則成了一首「五，三，四」的句法了。

（五）變更結構

以改變詞的上下兩片句法，由全異變成全同，或由全同變成全異的方式，來改變其形式，而不是更動其詞調者。如晁補之的〈歸田樂〉，上片的句法，為「三，七，三，三，三，五，三」共七句三韻，下片則是「三，三，五，三，四，四」共六句二韻；但蔡伸卻將之改成為上下兩片均為「七，六，五，七」共八句六韻，簡直是形同新創。

又如吳文英的〈暗香疏影〉一詞中，是用〈暗香〉詞調做上片，〈疏影〉詞調做下片，合組而成的新結構，此種以分合手法而變化前詞的形式，雖說不多見，但在詞史上，卻是一個創作的特例；亦由之可知，詞的形式，確夠複雜的一般了。

第四節　以詞體的節拍區分

拍，是指音樂的節度而言。當音樂在表達出「抑揚頓挫」時，人常用手或拍板標記其節度，這就叫做「拍」。凡樂曲的節拍，是在表達音的長短與強弱的；而曲詞的節拍，則是表達其語音的句逗和停頓之用。因之，樂曲的一拍，即為詞語的一句。韓愈稱「拍」為「樂句」，這真是一句極妙的註解。

詞，是需要合樂的。因之，詞的句格，就是代表樂曲的節奏，亦叫做「音律節奏」。還有一種「意義節奏」，是詞的每一個句子，都有自成為意義上的「頓」和「逗」，與樂曲的節奏，做最緊密的配合。不論是依曲填詞，或因詞而製曲，二者均必須相互照顧，這就是歌喉配合樂曲的自然效果。劉禹錫題詩云：「和樂天春詞，依〈憶江南〉曲拍為句。」這就足以證明歌詞的一句，就是樂曲的一拍了。詞，既然以「一拍為一句」，當然，這個「拍」字，便可借用來替代「句」字。在同一詞調中，常見以「拍」代「句」的，約有下列諸種：

一、起拍

所謂「起拍」，是指一支曲子的第一拍而言（樂曲前奏的泛聲除外，因為泛聲無拍不可歌），也可以說就是詞的第一句。「拍」是樂曲的節度，它是引導歌唱者的聲調。一調的音節（包括長短、高低、舒暢等），皆由「起拍」所決定；這是因為「詞」調，是由某一宮調內的管色和殺聲所組成的一定旋律的緣故。

「起拍」，是在詞調中的第一句，本就是全詞的領導者；諸凡詞體中的風格與情趣，大都因此而發。凡「起拍」雄壯，全詞語一定會跟隨著雄壯；如岳飛的〈滿江紅〉一詞，首句以「怒髮沖冠」領頭，所以全遍詞語，無一不是「慷慨激昂」的話；又如李煜的〈一斛珠〉，首句以「晚妝初過」句領頭，這是一般「媚詞」的常態，常用綺麗之詞語來從中鋪敘，所以全詞均在裊娜多姿中，隨風送媚的情趣及語言了。

二、過拍

所謂「過拍」，本是指「雙調」中的上片，自「起拍」後至結尾前的整段曲調而言。但前人的說法不一，如《蕙風詞話》中說：「過拍就是指上片的結尾句而言。」這顯然指的是「歇拍」一辭的；又如胡元儀在注《詞旨》中說：「過片（即過拍），謂詞上下分段處也。」這又顯然是指「詞語」的「換頭」而言也。

其實，「過拍」一辭，僅是將「詞」自「起拍」之後，至「歇拍」之前的一段音律，給予一個適當的名詞而已；它既不是「歇拍」，也不是「換頭」，更不是「過腔」；它所代表的，僅是中間的一段音樂節拍，與「起拍」、「歇拍」，所共同組成一支旋律的「三節拍」，藉以方便解說而已，別無他義。

三、結拍

「結拍」，也叫「歇拍」，是指詞一片的結尾句，也是音樂和詞意終結點；不管音樂或詞語，一律到此為止，算是很完美地演奏了一遍；若想再重複一次，那就得再重頭開始。故「結拍」一辭，也等於這片音樂與和詞語的休止符。

「結拍」一語，或稱「歇拍」，這種說法，我不認同。所謂「歇拍」，顧名思義，是指在歌唱時的「停聲待拍」而言，這是一個「暫時停歇」的歌唱方法之一，與「結拍」之涵義迴然不同。換句話說，「結拍」是總結這一段音樂的節奏，藉以激發詞語的迴響。「凡曲之將終，其曲尾數句，使聲字悠揚，餘音響亮，如不忍絕響者為最佳。」（見張炎《詞話》）此即所謂之「結拍」也，言為詞之尾句，誰曰不宜？

四、促拍

「促拍」一辭，本為曲家用語，非詞名也。但詞為配合音律之節奏，有時又不得不用「促拍」之法，以合音樂之節度，是「促拍」二字，亦常為詞家所樂用。

所謂「促拍」，乃急拍也。音樂的節拍時間有固定，但詞句的長短則不一；因之，字聲的疾徐，不得不用「拍」而度之。若樂長而字數少，就必須「曼聲長引」；若樂句短而字數多時，就必須「促拍以應」。此本為樂律結構上的用語，但亦為詞作家常用之通例。

五、近拍

「近拍」，本為詞體的一種，是將舊有的曲調，另翻新腔，以與原詞之句式及音節，並使之完全相同者而言。有關「近拍」一辭，前人各具各說：有說是近體樂府的詩歌，有指是以舊翻作的新腔，更有說是乃古樂府中故有的腔調名；如《碧雞漫志》云：「〈荔枝香〉，在今之【歇指】，及【大石】兩調中，尚各有『近拍』，不知何者為本曲。」因之，「近拍」身份，至今還未定案。不過，從一般詞作之側面了解，好像對「新腔」之說，頗多認同；所以，本書亦只有用「新腔」一辭來加以注解了。

第五節　以詞體的法制區分

在詞的法制上，除了可正常地依曲填詞，或因詞製曲外，還可因其特許的法則，對原來曲詞之旋律加以改變；如「或增減字數，或轉移宮調，或增添裝飾音節，或異動曲調之節拍，或翻舊腔另譜新腔」等等，而使之成為新調、新體。因之，詞調愈到後來愈多，其原因在此。

一般來說，改變一支旋律的法則，其方法約可分之為「攤破、摘遍、添字、添聲、減字、偷聲、轉調及犯調」等多種方式，茲分別簡介如下：

一、攤破

「攤破」，是指將某一曲調，從中「攤破」一二句，並增添幾個新音階，使其成為「另一體」之新的曲調，就叫做「攤破」。

「攤破」，又叫做「攤聲」，是由於樂曲的變動，而引起句法上的變化。「攤」是攤開，「破」是破裂。把一句詞分為二句的叫做「破」，或使各句的字數增加的叫做「攤」；但仍以原曲調為名，並於詞題上加注「攤破」二字，以資識別即可。如〈攤破浣溪沙〉與〈攤破南鄉子〉等，就是由原來的〈浣溪沙〉與〈南鄉子〉二詞，所改變的。

二、摘遍

「摘遍」，是指從大曲或法曲中，擷取其中的一遍，來做單譜單唱，使其成為另一首詞體者而言。凡大曲，是由很多支曲子來聯合演奏的；最少的也有十多遍，而多的竟有多達數十遍者。一遍就是一支曲子，從中擷取一遍的曲譜，另行填製新詞，就成為××的「摘遍」了。如晏小山的〈泛清波摘遍〉，就是從大曲〈泛清波〉中摘取一遍而成；趙以夫的〈薄媚摘遍〉，就是原大曲〈薄媚〉中「入破第一」的一遍。由之可知，「摘遍」是僅截取大曲中的某一支樂的曲譜，來做單獨的演唱，其詞句還是由詞作家新填的。

「摘遍」的方法很多，茲分別簡介如下：

（一）有從大曲中的「序曲」摘遍

如〈霓裳羽衣曲〉一詞，就是「中序」中的第一遍。本來，大曲中的序曲，有「散序」，和「中序」之分。在〈霓裳羽衣曲〉中，先有「散序」六遍，因為沒有「拍子」，所以不宜配舞；直到「中序」，才開始有「拍子」，舞女才能起舞；故「中序」又稱為「拍序」。〈霓裳羽衣曲〉乃是舞曲，所以他擷取「中序」的一遍來作譜，而做單調單唱了。另如〈傾杯序〉、〈鶯啼序〉等，這些都是從大曲中的「序曲」裡，截取一遍曲譜，另譜新腔的作品。

（二）有從大曲中的「歌頭」摘遍

如〈水調歌頭〉，就是大曲〈水調〉中歌唱的第一遍。大曲的舞，開始於「中序」的第一遍，但歌唱則未必都開始於「中序」第一；因為歌與舞，並非絕對同時開始的。如《碧雞漫志》說，〈霓裳羽衣曲〉的歌詞，始於「中序」的第四遍；《樂府雅詞》指〈薄媚〉（〈西子〉詞），則始於「中序」第八遍；因之，所謂「歌頭」，並非一定就是歌遍中的第一遍。詞調中的〈水調歌頭〉、〈六州歌頭〉等，我們僅知道是從「大曲歌頭」中摘遍而來，但無法肯定是「大曲歌頭」中的第幾遍。

（三）有從大曲中的「入破」中摘遍

所謂「入破」，是指「曲遍繁聲」而言。《新書・五行志》云：「天寶後，樂曲多以邊地為名；如伊州、甘州、梁州等，其曲遍繁多，皆謂之『入破』，故凡曰『破』者，皆指其破碎云耳。」由此可知，凡大曲在「中序」以前，聲音不相侵亂，但自「入破」以後，由於音樂節奏愈加繁促的關係，歌舞愈演愈急，樂曲愈奏愈快，時若狂風暴雨，橫掃長空，時若幻影婆娑，魂搖目傷，硬將樂曲中的情趣，發揮到極高境界，這樣就叫做「入破」。唐詩人薛能，在〈拓枝詞〉中說：「急破摧搖曳，羅衫半脫肩。」可知其樂至「入破」時的瘋狂情況了。

「入破」，又叫做「曲破」，俗通稱「破子」。這大概又是南宋詞人的傑作。「曲破」的詞調很多，如〈薄媚曲破〉，就是大曲〈薄媚〉中的一支「入破」曲；〈萬歲涼州曲破〉，就是大曲〈涼州〉中一支「入破」曲譜，所譜作的一支祝壽歌體。

三、添字與添聲

「添字」與「添聲」，是詞作中兩種不同的方法；從表面上看，二者都是在原詞上增添字數，用以促成樂曲的變動，而使之成為另一個新的曲調，但實際上是有區別的。

（一）添字

所謂「添字」，是指因樂曲變動，而必須在原詞句上增添字數而言。在某處樂曲的延伸上，會直接影響到詞句的配樂問題；為了配合樂曲的節拍，乃不得不從原詞中的字句，增添一二新字，做局部的改變，當然用韻也可能會有所改變。如歐陽炯的〈采桑子〉，本是以「七，四，四，七」的兩片「重頭小令」，但李清照將她兩片的結句，各增一字，便變成了「七，四，四，五」的兩片「重頭小令」，不僅使格式改變，連用韻也一起改變了。

（二）添聲

所謂「添聲」，就是在原詞的每句後面，增加字數，藉以增強樂曲的音效，並裝飾其音節之謂也。如顧敻的〈添聲楊柳枝〉，即是在每句後，都增加像「破題」似的三字句，一面做詞意的延伸，一面加重詞中人的語氣；如「竹枝、女兒、年少、舉棹」等，俗稱之為「和聲」的一種；像這些「和聲、散聲、泛聲」等，均屬「添聲」之法。

另有一種，它既不叫「添字」，也不叫「添聲」，而是歌唱者自耍的花腔——在歌唱至某一音節時，即從中增減其音色，長短其字句，藉以美化其中之旋律，後逐漸為詞作家所接受，而衍生出另一腔調來。這種作法，自古即有，但詞界迄未加以評論，因之無以為名，我今姑暫名之為「添腔」吧！

四、減字與偷聲

「減字」與「偷聲」，二者在表面上都是將原詞字數減少，或改變其原詞的句法，以促使樂曲的變動，另成新腔之謂也。凡歌詞的字數減少，必將促使樂曲減聲；相對地，若樂曲減聲，亦必將促使歌詞字數的減少。故減字必然偷聲，偷聲亦必然減字；如〈木蘭花〉一詞，在唐五代叫做〈玉樓春〉者，本為上下兩片，每片各以四個七言句組成，上下片各用一韻，以有別於七言詩句，這就是〈木蘭花〉詞的原始風貌。今以〈木蘭花〉一詞為例，做解說如下：

（一）減字

用「減字」法製作。如呂渭老的〈減字木蘭花〉，他將原詞調的第一、三、五、七之句，由七言減為四言，並以二句一換韻，共用兩平兩仄韻，成為「四，七，四，七」的句法；韻法則由原上下兩片同用一韻，改為上下各用兩韻；字數是減少了，但是在用韻上，卻變成愈來愈繁了。

（二）偷聲

用「偷聲」法製作。如張先的〈偷聲木蘭花〉，他將原詞上下兩片的第三句，各減去三字，並把兩片最後一句的仄韻，改變成平韻，而題名為「偷聲」，以示與呂渭老的〈減字木蘭花〉。若以宮調做區分，〈減字木蘭花〉屬【林鐘商調】，而〈偷聲木蘭花〉，則屬【仙呂調】。如此一來，〈木蘭花〉被「偷聲」後，連曲子的宮調也變成另一調了；這就是說明，凡「偷聲」之調，必與移宮轉調有關了。

五、犯調與轉調

「犯調」與「轉調」，二者皆是曲調的變體，均屬樂律方面的事，與詞本身無關。唯詞是一種合樂的詩歌，既然樂曲有變動，詞亦必然會隨著而變動；不過，與以上所說的「腔調」變動，則有所不同，茲分別說明如下：

（一）犯調

「犯調」或作「犯聲」，有似西樂中的「轉調」，屬樂律中的一種「變體」。凡「犯調」的本義，就是指「宮調」相犯，這完全是樂律方面的變動；是從數種不同的「宮調」中，各抽出若干句，以「拼湊法」將之組織成一支新腔，這就叫「犯調」。

姜白石（夔）在其〈淒涼犯〉詞序中云：「凡曲言犯者，謂以宮犯商，或商犯宮之類是也。」唐人多主張「犯有正、旁、偏、側」四犯之分，而姜氏認為十二宮之殺聲，乃各有所本，不容相犯；所特許者，僅「商、角、羽」三調耳；這是因為【仙呂】、【雙調】，和【道宮】三調，皆以「上」作殺（煞）聲故也。

又張炎在《詞源》中，為了「律呂四犯」，特提供了一個概念，也改正了唐人的紀錄。他說：「以宮犯宮為正犯，以宮犯商為側犯，以宮犯羽為偏犯，以宮犯角為旁犯，以角犯宮為歸宮，周而復始。」只可惜！宋人有此完美之樂章，而我們竟無緣得見，誠為文化上的莫大損失。

另外，在宋詞中另有一種「犯調」，不是「宮調」相犯，而是各個詞調之間的句法相犯；如宋劉改之的〈四犯剪梅花〉，即為一例。據萬樹所做的解釋云：「此調乃劉改之所創，上下片各四段，每段都用〈解連環〉、〈雪獅兒〉，及〈醉蓬萊〉三詞中的句法集合而成，故曰四犯。」這好像是一首與現今的「雞尾酒」詞一樣。還有所謂的「尾犯」、「花犯」，與「倒犯」等，可能都是指所犯方法上的一種術語；如〈花犯念奴〉（即〈水調歌頭〉），大約是指〈念奴嬌〉一詞的犯調法，是一種叫做「花犯」而已。

（二）轉調

所謂「轉調」，是指將原屬於某一宮調的一支曲子，使之轉移至另一宮調內而言。「轉調」，也就是「移宮換羽」，本屬樂律方面的事，與歌詞無涉。但是，一首歌曲，既然轉換了宮調，其節奏必然會有所改變；因之，歌詞就不得不要跟隨著變動了。

一般來說，詞體經轉變後，在樂律上必然會增損其音節，形同翻舊腔製新腔，此種改變詞調的作法，通常被稱做「變體」。詞調經變體後，通常會有三種現象：

1. 字句會跟原詞句相同，但平仄則稍異；如〈滿江紅〉一詞，岳飛的原作為「仄」韻，但姜白石的則改為「平」韻，但所有詞中的字句，則與原詞句完全相同。
2. 詞經「轉調」後，有些詞作的字句已與原詞不同；如〈踏莎行〉一詞，原調為五十八字，但「轉調」後，則成為六十六字了。
3. 詞在「轉調」後，一般在用韻上也有不同的；如無名氏所作的〈賀新朝〉(見《古今詞話》引《花草粹編》)，本押「仄」韻，但杜安世及葉清臣之作，皆押「平」韻，而且句式亦各別。

當然，用韻通常是以「平」、「仄」互換的，並非局限「轉調」，只是成為創制「轉調」之必然方法與現象而已。

總之，詞的專用語言很多，上所引述之各節，僅不過是較常見而又習用的語辭，或散見於各種詞譜及詞話中，或應用於各種詞學論著及演講內，由於各人的見解不盡相同，以致形成了各說各話的局面。就拿詞體分類一項來說吧：有以字數多寡做標準來分類的，如「小令、中調、長調」者；有以章句結構做標準來分類的，如「單調、雙調、疊韻，及疊片」者；有以樂府法制做標準來分類的，如「攤破、摘遍、添字添聲、減字減聲，以及犯調、轉調」者；亦有詞界把詞體區分為「法曲、大曲、慢曲、引、近、序子、三台、纏令，及諸宮調」等九類型者；更有詞藝界直呼為「令、引、近、慢」者；真是眾說紛紜，莫衷一是，此或即古之士大夫之心態積習有以致之也。

我國自唐代起，即就有「詞」的出現，論時不可不謂久矣。據清時《欽定詞譜》的統計，自唐迄明，共計有詞人九百五十七人，詞話七百六十三則，所收之詞譜共八百二十六調，計二千三百零六體，共計九千餘首。論量不可不謂多矣。然而，行之千餘年而不自知，用於億萬人之手而莫之名，吁嗟夫，此或即中國人之所以謂之為「中國」也。

另有一些名不見經傳的語辭，或為詞人自創之語言，或為歌唱者流傳之術語，雖同屬詞藝中之語言，然終非社會通行之範例，本書為便於初學者之探討，不得不力求精簡，所遺珠玉，容後有緣時另行補綴了。

第四章　詞的音律

詞，是一種依樂而歌的曲調，所以與音樂有著密不可分的關係。大凡樂曲有變動，則詞體亦必須隨之而變動；同理，若詞句中有變動，則樂曲亦將被迫而隨之變動。這是因為一支曲子的構成，是由某一宮調之「管色」和「殺聲」所組成的一定旋律的緣故。古人稱之為「音律」，其義在此。除非你通曉「音律」，進而自度自製，否則，是不容許有任意違犯的。

所謂「音律」，是指一首詞在一支樂曲中的各種約束而言。當然，曲有曲的「規範」，詞也有詞的「要求」，二者本各有不同的法則在；唯前人認為：詞是一種合樂的詩歌，凡曲之法則，就是詞的法則。為了突顯「詞」在中華文藝上的學術價值，在曲的法則之外，也增訂了「詞」本身應有的各種守則；諸如「字分平仄，句別長短，韻有叶拗，聲有清濁，拍有舒促，音有高下，以及調有分合」等等；概而言之，這些都是作詞的方法，也是詞作家應一體奉行的律條。因之，前人乃將二者合而為一，統稱之為「詞的音律」。

雖然，詞的「音律」，從表面上看，似是龐雜無章，其實，它是屬於「宮調」及「腔調」兩大系統的。簡單地說，曲的音律，就是「宮調」；詞的音律，就是「腔調」。今分別簡介如下：

第一節　認識宮調

「宮調」一辭，乃各種曲調名的總稱；它是以「調高」、「調式」，和「基音」（殺聲）所組成樂律的綜合體，為樂律的根本。凡以宮聲為主音的調式，即稱之為「宮」；凡以其他各聲為主音者，即稱之為「調」。所謂之「宮調」，其名與義，皆緣於此。茲分別加以說明之。

一、宮調與音律

我國古代對樂音的音高（調高或管色），共分之為「【黃鐘】、【大呂】、【太簇】、【夾鐘】、【姑洗】、【仲呂】、【蕤賓】、【林鐘】、【夷則】、【南呂】、【無射】，及【應鐘】」等十二均（古「韻」字），亦就是近世所稱之十二律；其中，以【黃鐘】音為最低，【應鐘】音為最高，猶如西樂中的「C、D^{b}、D、E^{b}、E、F、G^{b}、G、A^{b}、A、B^{b}、B」等十二級的樂調名一樣，都是用來制定音階之高下的。由於漢字之聲調有陰陽，所以古人又以「律、呂」二字，分陰陽統率之；如以「律」統領「【黃鐘】、【太簇】、【姑洗】、【蕤賓】、【夷則】，及【無射】」等為陽六律，而以「呂」統領「【大呂】、【夾鐘】、【仲呂】、【林鐘】、【南呂】，及【應鐘】」等陰六律，這就是我國特有的「樂律」規範。

至於「音」，則是依十二律音階的高低次序，制定為「宮、商、角、徵、羽、變徵、變宮」等七音階，有如西樂簡譜中的「1、2、3、4、5、6、7」七音階，做樂音之符號代表；此即古人所說的「七音十二律」是也。茲轉錄《詞筌》所列舉之「中西樂符號對照表」如下表一：

表一　中西樂符號對照表

中樂調名	黃鐘	大呂	太簇	夾鐘	姑洗	仲呂	蕤賓	林鐘	夷則	南呂	無射	應鐘
律呂	律	呂	律	呂	律	呂	律	呂	律	呂	律	呂
西樂調名	C	D^b	D	E^b	E	F	G^b	G	A^b	A	B^b	B
中樂字譜	宮		商		角		變徵	徵		羽		變宮
西樂簡譜	1		2		3		$4^{\#}$	5		6		7
風琴鍵盤	1		2		3			#4 5		6		7

二、宮調與旋宮

以「七音」配「十二律」，可得「十二宮」及「七十二調」，共計為「八十四宮調」。這「八十四宮調」，就是古人所謂的用「旋宮法」所得來；其方法為：「以宮音為主音，依次旋轉後所得來的調式。」換言之，就是用各種宮音做旋轉後而得來的，故通稱之為「宮調」。

在「十二律」中，可任取一律「坐宮」(即做首音)，並依次旋轉，就被稱之為「旋宮法」。例如：以【黃鐘】為首音坐宮，則【太簇】是「商」,【姑洗】是「角」,【蕤賓】是「變徵」,【林鐘】是「徵」,【南呂】是「羽」,【應鐘】是「變宮」; 此即所謂之為「【黃鐘】均」是也。如以【大呂】為首音坐宮，則【夾鐘】為「商」,【仲呂】為「角」,【林鐘】為「變徵」,【夷則】為「徵」,【無射】為「羽」,【應鐘】則成為「變宮」了；此即所謂之「大呂均」是也。餘可以此做類推即可，這就是古人所謂之「旋宮法」。

根據上述的「旋宮法」，凡「七音」都可從「十二律」中，任取一律做主音坐宮來推定音階；由「七音」配「十二律」，就可得出「八十四個樂調」來，這「八十四個樂調」名稱，皆可統稱之為「宮調」。若是以「宮音」乘「十二律」的樂調，則稱之為「某某宮」，若以「商」或「角」或「羽」或「徵」或「變徵」或「變宮」等而乘以「十二律」而所得之樂調，則稱之為「某某調」。所以，「宮調」之名，是以「七音」配「十二律」所組成的。茲以【黃鐘宮】為主音，依「旋宮法」茲列舉其「八十四宮調」名稱如表二。

表二　「八十四宮調」一覽表（黃鐘均）

十二律＼調名＼七音	宮	商	角	變徵	徵	羽	變宮
黃鐘	正黃鐘宮	大石調	正黃鐘角宮	正黃鐘宮變徵	正黃鐘宮正徵	般涉調	大石角
大呂	高宮	高大石調	高宮角	高宮變徵	高宮正徵	高般涉調	高大石角
太簇	中管高宮	中管高大石調	中管高宮角	中管高宮變徵	中管高宮正徵	中管高般涉調	中管高大石角
夾鐘	中呂宮	雙調	中呂正角	中呂變徵	中呂正徵	中呂調	雙角
姑洗	中管中呂宮	中管雙調	中管中呂角	中管中呂變徵	中管中呂正徵	中管中呂調	中呂雙角
仲呂	道宮	小石調	道宮角	道宮變徵	道宮正徵	正平調	小石角
蕤賓	中管道宮	中管小石調	中管道宮角	中管道宮變徵	中管道宮正徵	中管正平調	中管小石角
林鐘	南呂宮	歇指調	南呂角	南呂變徵	南呂正徵	高平調	歇指角
夷則	仙呂宮	商調	仙呂角	仙呂變徵	仙呂正徵	仙呂調	商角
南呂	中管仙呂宮	中管商調	中管仙呂角	中管仙呂變徵	中管仙呂正徵	中管仙呂調	中管商角
無射	黃鐘宮	越調	黃鐘角	黃鐘變徵	黃鐘正徵	羽調	越角
應鐘	中管黃鐘宮	中管越調	中管黃鐘角	中管黃鐘變徵	中管黃鐘正徵	中管羽調	中管越角

三、七音與宮調

《隋書・音樂志》云:「律有七音，音立一調，十二律合八十四調，旋轉相交，盡皆和合。」但又引鄭譯之說云:「七音之中，三聲乖應。」所謂「三聲乖應」者，是指「變徵、變宮」乃半音，不能用作「基音」外，而「徵」音音腔乖應，亦不可做「基音」之謂也;由之此可知，真能用作「基音」者，就只剩下「宮、商、角、羽」四音了。以四音乘以「十二律」，僅可得「四十八宮調」而已。故明代王驥德在《曲律》中說:「合十二律得八十四調，此古法也。然不勝其煩，後世省之為四十八宮調。」

至隋唐之世，一般曲學家及樂師等，又因「十二律」中之「【太簇】、【姑洗】、【蕤賓】、【南呂】，及【應鐘】」等五律，所攝之中管各調，以其音在二律之間，而又與前律之音如同出一孔，以之製調，徒覺音韻重複，雖強易其名，然終無特色，故古人製曲，均罕以為調，皆以其非正音之故也(見清人方成培之《香研居詞麈》)。故隋唐所製之雅俗樂曲，均以此二十八宮調為主;因為各該宮調的調式，大都均勻地散布在各個宮調之中了。

「宮調」待演至南宋時，其間有些「宮調」又被省去了;如省減的以「閏」做「殺聲」的「變宮七調」，及兩個高調(係指【高大石調】、【高般涉調】)，共計九個調，並改行「七宮十二調」(共十九宮調)。故張炎在《詞源》中說:「今雅俗樂，只行七宮十二調，而『角』不預焉。」其中所指「角不預」者，據考:是由於「商、角」同用，有宮逐商之嫌，因之廢而不用;但在實際上，南宋人只用了六宮（【高宮】未用），和十一調（【般涉調】未用），共計為「十七宮調」而已。

總之，由於「七音」本身的樂理不健全，以致造成了「八十四宮調」的整縮，也反映出我國的音樂結構，已逐漸地由繁而簡，由粗糙而進入精緻的發展情況，成為一則可喜之現象，也從中證明了我國的音樂人才的不凡表現。茲列舉唐宋所常用的宮調名稱及其分屬概況如表三。

表三　常用宮調名稱及其所屬概況一覽表

七音／宮調名／十二律	宮	商	角	變徵	徵	羽	變宮（潤）
黃鐘	正黃鐘宮	大石調				般涉調*	大石角
大呂	高宮*	高大石調				高般涉調	高大石角*
太簇							
夾鐘	中呂宮	雙調				中呂調	雙角
姑洗							
仲呂	道宮	小石調				正平調	小石角
蕤賓							
林鐘	南呂宮	歇指調				高平調	歇指角
夷則	仙呂宮	商調				仙呂調	商角
南呂							

無射	黃鐘宮	越調				黃鐘羽	越角
應鐘							

說明：一、表列二十八宮調，為隋唐時之雅俗樂常用之宮調名。

二、以紅色寫的宮調名，南宋人已經廢而不用。

三、後加*的宮調名，宋人雖仍保留下來，但實際未予使用。

四、管色與殺聲

在「八十四個宮調」中，各有各自的「管色」，是制定樂音高低的指標；這種所謂的「管色」，就是音律的「聲調」，有如西樂中所用的「C、D、E、F、G、A、B」七級音調符號一樣；其間以【黃鐘】音調為最低，以【應鐘】為最高。所以，「管色」是規定「殺聲」（音階）之高低的。

在所有「宮調」中，除「管色」外，還有各自的「殺聲」。這個「殺聲」，就是這個調的「基音」，都是依「十二律的聲調」所制定的，其音階的高低，是以「宮、商、角、變徵、徵、羽、變宮」等為七音階，有如西樂簡譜中的「1、2、3、4、5、6、7」七音階一樣。所以，「殺聲」是規定「調式」之所屬的。

在樂律中，所謂「管色」，就是以「吹竹孔而定聲色」之謂也。「管」即「竹管」，凡竹均可以製作「笛或簫」之類的管樂器來。據傳：古人製曲，當以「簫笛」之聲為本，有所謂：「凡能吹竹者，便能過腔。」（見《晁無咎集》）有如西方作曲家以鋼琴做「基音」一樣。又如論「鬲指聲」調云：「簫管的上、四兩音，中間只隔一孔；笛則上、四兩孔相連，只在隔指之間。」由之可知，「管色」就是依簫與笛所發之音，而創制出「十二律」的樂音字譜來；再加上宋人蔡元定，在《燕樂書》中所增之「黃清、大清、太清、夾清」等四個高音，就成了樂律中的「十六字譜」了。今特引錄張炎在《詞源》中所列舉之「十六字譜」對照表如表四。

表四　「十六字譜」對照表

十六律	黃鐘	大呂	太簇	夾鐘	姑洗	仲呂	蕤賓	林鐘	夷則	南呂	無射	應鐘	黃清	大清	太清	夾清
宋字譜	合	下四	四	下一	一	上	勾	尺	下工	工	下凡	凡	六	下五	五	一五
詞源草譜（宋草譜）	ㄙ	マ	マ	一	一	ㄣ	y	∧	フ	フ	//	//	ㄠ	す	す	亍
音 名	宮		商		角		變徵	徵		羽		變宮	宮		商	

所謂「殺聲」，就是這個曲調的「起音」。前人對這一個名詞的說法，常不一致：沈括在《夢溪筆談》中叫做「殺聲」，但陳元靚在《事林廣記》中叫做「煞」，而張炎在《詞源》中叫「結聲」，又姜白石則叫做「住字」或「住聲」。「殺聲」就是詞曲的「起音」，為什麼要弄出這些個名詞來，這大概是宋時人好自我表現的通病吧。

前已說過，「殺聲」是依韻律的管色所制定的。從表四中，我們已經知道有關「管色」，是由依律吹竹發聲而定出的「聲調」；那麼，「殺聲」自然是要依據「管色」的「聲調」而起音。如【黃鐘】

均的【正宮】是【黃鐘宮】，因它的管色是「合或六」，這就指明了它的最低音是「合」，而最高音也就是「六」了；同理，「【黃鐘】均」的【大石調】是【黃鐘商】，它是「【黃鐘】均」的第二個曲調（因每個宮均都有七個調，這是由「旋宮法」所得來的。請參閱前「八十四宮調」表）。但【大石調】本身是【商調】，雖經被旋轉入宮調門，但音律的管色，則仍為「太簇均」的「管色」是「四或五」，因之，我們也知道，【大石調】的最低音（殺聲）是「四」，「太簇清」的最高音（殺聲）是「五」了；餘依此類推。今特附列常用宮調之「管色與殺聲」一覽表如表五，以資參考。

表五　常用宮調所屬之管色與殺聲關係圖（二十八宮調）

律呂（十二呂）	管色（低或高音）	宮調名（常用調宮商呂）	殺聲（十六律字譜）	十六律所屬之管色與殺聲字譜											
				黃鐘。（合） 黃清（六）	大呂（下四） 大清（下五）	太簇。（四） 太清（五）	夾鐘（下一） 夾清（一五）	姑洗。（一）	仲呂（上）	蕤賓。（勾）	林鐘。（尺）	夷則（下工）	南呂。（工）	無射（下凡）	應鐘。（凡）
黃鐘均	合或六	正宮（黃鐘宮）	合或六	宮		商		角		變徵	徵		羽		閏
		大石調（黃鐘商）	四或五												
		般涉調（黃鐘羽）	工												
		大石角（黃鐘閏）	凡												
大呂均	下四或下五	高宮（大呂宮）	下四或下五	閏	宮		商		角		變徵	徵		羽	
		高大石調（大呂商）	下一或一五												
		高般涉調（大呂羽）	下凡												
		高大石角（大呂閏）	合或六												
太簇均	四或五				閏	宮		商		角		變徵	徵		羽

表五　常用宮調所屬之管色與殺聲關係圖（二十八宮調）（續上頁）

律呂（十二呂）	管色（低或高音）	宮調名（常用調宮商呂）	殺聲（十六律字譜）	十六律所屬之管色與殺聲字譜											
				黃鐘。（合） 黃清（六）	大呂（下四） 大清（下五）	太簇。（四） 太清（五）	夾鐘（下一） 夾清（一五）	姑洗。（一）	仲呂（上）	蕤賓。（勾）	林鐘。（尺）	夷則（下工）	南呂。（工）	無射（下凡）	應鐘。（凡）
夾鐘均	下一或一五	仲呂宮（夾鐘宮）	下一或一五	羽		閏	宮		商		角		變徵	徵	
		雙調（夾鐘商）	上												
		中呂調（夾鐘羽）	合或六												
		雙角（夾鐘閏）	四或五												
姑洗均	一				羽		閏	宮		商		角		變徵	徵
仲呂均	上	道宮（仲呂宮）	上	徵		羽		閏	宮		商		角		變徵
		小石調（仲呂商）	尺												
		正平調（仲呂羽）	四或五												
		小石角（仲呂閏）	一												
蕤賓均	勾			變徵	徵		羽		閏	宮		商		角	

表五 常用宮調所屬之管色與殺聲關係圖（二十八宮調）（續上頁）

律呂（十二呂）	管色（低或高音）	宮調名（常用調宮商呂）	殺聲（十六律字譜）	十六律所屬之管色與殺聲字譜											
				黃鐘。（合） 黃清（六）	大呂（下四） 大清（下五）	太簇。（四） 太清（五）	夾鐘（下一） 夾清（一五）	姑洗。（一）	仲呂（上）	蕤賓。（勾）	林鐘。（尺）	夷則（下工）	南呂。（工）	無射（下凡）	應鐘。（凡）
林鐘均	尺	南呂宮（林鐘宮）	尺		變徵	徵		羽		閏	宮		商		角
		歇指調（林鐘商）	工												
		高平調（林鐘羽）	一												
		歇指角（林鐘閏）	勾												
夷則均	下工	仙呂宮（夷則宮）	下工	角		變徵	徵		羽		閏	宮		商	
		商調（夷則商）	下凡												
		仙呂調（夷則羽）	上												
		商角（夷則閏）	尺												
南呂均	工				角		變徵	徵		羽		閏	宮		商

無射均	下凡	黃鐘宮（無射宮）	下凡	商		角		變徵	徵		羽		閏	宮	
		越調（無射商）	合或六												
		羽調（無射羽）	尺												
		越角（無射閏）	工												
應鐘均	凡				商		角		變徵	徵		羽		閏	宮

說明：一、凡以宮音為首音之宮調，均以其管色音譜為殺聲字譜；如仲呂均的管色是「上」，但仲呂均的【道宮】是屬【仲呂宮】，因之，【道宮】的殺聲亦為「上」；餘類推。

二、在旋轉法中，若以【黃鐘】為宮，則【太簇】為商，【姑洗】為角，【蕤賓】為變徵，【林鐘】為徵，【南呂】為羽，【應鐘】為閏。其字譜按上列次序，以「合、四、一、勾、尺、工、凡」等配之，自成為該宮調之殺聲了。

三、在上表所列不同之宮調中，有同用某一字做殺聲者；如「合或六」，即有【黃鐘宮】、【夾鐘羽】、【無射商】、【大呂閏】四宮調；又如「四或五」，即有【黃鐘商】、【仲呂羽】、【夾鐘閏】等三宮調；餘類推。

第二節　認識腔調

「腔調」，就是一首詞的「詞調」，俗稱「唱調」，一般稱之為「詞牌」。它是根據宮調的管色和殺聲，所組成的一定「旋律」，也是一支曲子的唱譜。所以，「腔調」就是一首詞的旋律與樂譜，是直屬於各宮調的。

有關詞調名稱的由來及其變化，本書已在第二章中之第三、第四兩節內，曾做過較詳細的介紹，此處恕不贅言。今僅就另一個名叫「詞體」者，特在此做較深入的探討，因為它與詞調，有著非常密切的關係。

所謂「詞體」，就是一支詞調的「體裁」；本來，一個「詞調」，就是一支曲子的樂譜。按理，在同一樂譜內，所有音節都應該是一定的，只能產生出一個「詞體」來；但事實卻不然，它不但有「同調異名」，或「同名異調」之分，還有「同調異體」，及「同體異調」之別，說起來還真叫人迷糊。茲分別做簡介如下：

一、同調異名

有些「詞調」，除了有一個本名外，還有很多別名。這是由於詞作者，喜愛自我標榜的心態在作祟，常以自我最得意的詞中語句來做題。這種情形，唐代就有，但以兩宋詞人為最。如〈望江南〉一詞，本名叫做〈謝秋娘〉，是李德裕為亡妓「謝秋娘」而作；但溫庭筠改題為〈望江南〉，又名〈夢江口〉；白居易因思吳宮錢塘之勝而改題為〈江南憶〉；而劉禹錫則題為〈春去也〉；李煜則改題為〈望江南梅〉；馮延巳又題作〈憶江南〉；後又改名為〈歸塞北〉及〈夢遊仙〉等等；是本同一詞調之詞也，其名卻改來改去，可知前人做事的心態，真有些令人不敢恭維。

二、同名異調

有些詞的調名雖同，但它的旋律和格式均不相同，這些就叫做「同名異調」了。換言之，就是在同一個名稱下，卻有好幾個調式。像這種情況，約可分之為三個類型：

（一）兩個調的別名完全相同

如〈相見歡〉和〈錦堂春〉兩個調，它們的別名都叫做〈烏夜啼〉；又如〈浪淘沙〉和〈謝池春〉兩調，別名都叫做〈賣花聲〉。像這種現象，就很容易使人誤會為同調之「又一體」了。

（二）一調的正名，卻成了另一調的別名

如〈八寶妝〉，本為正調名，但〈新雁過妝樓〉的別名也叫做〈八寶妝〉；又如〈子夜歌〉亦為正調名，但〈菩薩蠻〉的別名，也叫〈子夜歌〉。像這種情形還特別多，這也未免太牽強附會了。

（三）兩調的名稱極相似，但曲律截然不同

如〈傷春怨〉與〈傷情怨〉、〈巫山一段雲〉與〈巫山一片雲〉、〈望仙樓〉與〈望仙門〉，以及〈珠簾卷〉與〈捲珠簾〉等等，從表面看，說不定還會有人誤以為筆誤，但實際上是各有其名的唱調。像如此題名的方式，我真不解前人究竟是何居心了。

三、同調異體

有些詞調，在同一個詞的音律下，卻出現了好幾個體裁，但它們是確確實實地同在一個詞調中，既不能視之為他體，有無法歸納為同體，說也真絕，就只好稱它為「變體」或「又一體」了。這種情況，也可分之為四類型來加以說明之：

（一）字有多寡

如〈臨江仙〉一詞，本體為五十八字體者；但另外有「五十四字體、五十六字體、六十字體、六十二字體、七十四字體，以及九十三字體」等計達十三體之多。

（二）句有異同

如〈臨江仙〉一詞，有以七字起句者，有以六字起句者，是二體的起句字數不同。

（三）韻有叶拗（平仄）

如〈浪淘沙〉一詞，李後主作首句五字「平韻」，而宋祁則作首句四字「仄韻」，是二體的叶韻不同。

（四）調有單雙

如〈浪淘沙〉一詞，有類似用近體詩（七言絕句二十八字）作「平韻」的「單片詞」者；但李後主及宋祁二人所作的，皆為「雙調」五十四字體者；是二體的調式不同。

總之，在一個詞調中，如有「字數、句讀、叶韻，以及詞式」不同，均不能稱之為該調的同體。

四、同體異調

有些詞調，由於入樂的宮調不同，即使該詞體在「字數、句讀，及用韻」等完全相同，包括「平仄」也一致，但仍不能視之為同一調，因為它們所入的樂調不同。

如和凝的〈醉紅〉一詞，與歐陽炯的〈赤棗子〉，以及李煜的〈搗練子〉，它們不但在「字數上、句讀上、平仄上，以及音韻上」，彼此完全相同，而且連「調式」都是以「三，三，七，七，七」共五句三平韻，從表面上看，沒有人敢說它們不是同一個體裁的；然而，因入樂的宮調不同，所以它們還是不能視之為同一個詞調的。

以上所述的各節，是從基本面對腔調的幾種辨識；當然，還有所謂的「音樂面、結構面，以及法制面」等的分別——這些已在本書第二章中之第五節「詞的體裁」一節中，已有較詳細的介紹過，此處恕不再做贅述了。

第五章　詞的平仄、四聲與用法

「詞」，是一種合樂的曲子詞，也是一種有特殊格律的詩歌；它是由聲調（平仄）、句式、韻律，和節拍所共同構成的一種格律，或稱之為「詞的四柱」，當非無稽之妄言。

在曲子詞中，它們都各自持有獨特的功能在——如：「聲調」是表現格律的抑揚美，「句式」是表現格律的曲折美，「韻律」是表現格律的迴旋美，「節拍」是表現格律的頓挫美；它不僅可以本身的韻律特性，來突顯樂曲的韻律，同時還可以本身的音樂性，來加強樂曲的音樂性，使「詞」在韻律上、音樂上，更具有特殊的優越性和蓬勃的生命力，也更能展現出「和諧」的效益，與「鏗鏘悅耳」的聲調來。

有關上述之句式、韻律，及節拍各節，本書已在前面各章中，約略有簡介，此處不再重複。本章僅就詞的「平仄、四聲，及其用法」，在此做較詳細介紹如下：

第一節　平仄與四聲

「平仄」二字，本為「聲律」用詞，常見用於近體詩歌與駢偶文章之間。所謂「平仄」，就是一個「字」的聲調，亦就是一般所稱之為「平、上、去、入」四聲是也。惜歷代韻書對「平仄」二字的立意，均未見有任何專注與解說。

據傳：在南北朝之齊梁間，有沈約及周顒等人，在研究古代詩歌語音系統的基礎上，做出了字的「四聲規律」的總結，並將之應用到近體詩歌的創作上，遂成為近體詩的格式規律；但他們只把四聲中的「平」聲字稱之為「平」，其他「上、去、入」三聲的字，則概括稱之為「仄」，不另加以區分，是為「平仄」之創始；後之人亦不予深察，遂相沿用至今。

然而，「平仄」二字，真可以代表「四聲」嗎？今從另方面來做較深入的探討：

一、平仄與四聲的關係

前面已講過，「平仄」二字，就是字的「四聲」的總稱，也是字的聲韻之代表。換句話說，「平仄」就是字的「四聲」，「四聲」就是「平仄」，這似乎已成鐵的定律，無庸多議的局面了。然而，何謂「仄」？有誰能夠說明，用「仄」來代表「上、去、入」三聲的道理來？我看這個問題，可能是永遠不會有答案了。現在只有用

〈沈約傳〉中的話，來為「平仄」做注解吧！「約撰《四聲譜》，以為在昔詞人，累千載而不悟，而獨得胸衿，窮其妙旨，自謂入神之作。」此或即「平仄」之所以謂之為「平仄」也。

其實，以「平仄」二字，來概括字的四聲，行之於舊時詩歌或可，因為古詩歌本出自民間歌謠，雖曰歌唱，但不受樂律之局限，故無「平仄」可言。唐代雖有合樂之近體詩可歌可唱，但那畢竟是詩興之餘的作品，而且只論「平仄」，不究「四聲」的遊戲之作，當然更談不上「審五音」了。君不見，及今之世，詞譜上仍然還保留著所謂音譜的符號「－」、「｜」，以及「＋」的三個符號嗎？「－」，代表平聲；「｜」，代表仄聲；而「＋」，則是一個「可平可仄」的合成符號。而且，還推出一種幫助學者記憶的順口溜：「一三五不論，二四六分明」行世。這是因為唐代的近體詩，完全是五或七言的律師或絕句的緣故。換句話說：「凡詩句中的第一、第三，及第五的單號字，可以不拘平仄，交相活用；但逢雙號的如第二、第四，及第六的字，平仄就要嚴格遵守，不能平仄亂用了。」這就是唐詩的一般表現手法。

但「詞」則不然，為了要「韻律和諧」，就必須要「嚴守四聲」；為了要「聲色鏗鏘」，就必須「明辨五音」。若僅以一仄而概括三聲，其將如何分辨「上、去、入」之韻？萬樹在《詞律・發凡》中說得好：「平仄固有定律矣，然平止一途，仄兼上、去、入三種，不可遇仄而以三聲概填。」此正說明了「仄代三聲」之害也。

嚴肅地說，詩可用「平仄」二字度之，因為詩本來就不太注重字的四聲；詞是必須合樂的，當一個曲子演奏至最緊迫、最急促之處時，也往往是音樂最美聽、情調最亢奮的地方，若四聲不能搭配，或接不上力道，或韻律不能激起，則所有音律、情節，勢必完全落腔，這就是「詞」之所以要「嚴守四聲」的原因，也就是「詞」之所以不贊成以「仄概三聲」的最大理由了。

二、四聲與韻的關係

今古論詞，常以「平仄」二字，做音律的區隔指標，如某調為平調，某詞為仄韻等。此種論詞的方法，在稱謂上，或許有其習慣上的簡潔和自然的理由在，但從韻律的立場言，絕非為詞調之所宜。尤其是所謂平仄之「仄」字，嚴格地說，仄與上、去、入三聲，根本就扯不上關係，誠不知前人何以獨愛此「平仄」二字？

字有四聲之說，已成為聲韻學上的定論，也是我國語言上的特色。因為，人的語言，地無分南北，時無分今古，凡音從口出，即有四聲；這是因為聲帶被振動後，而受器官所節制的結果，形之於文，就是所謂的「平、上、去、入」四個聲調了。

有關四聲之區分，前人眾說紛紜，但莫不以「音」之「高低、強弱、長短、疾徐」等做界定之準則，所以也由之衍生出四聲的情趣來，因之在用韻上，就形成了各自的風格。茲概述其各聲字的情趣如下：

- 平聲字——多柔媚婉約，最適合表現「悠揚清亮」的情調。
- 上聲字——多厲烈剛強，最適宜表現「矯健峭拔」的情調。
- 去聲字——多哀沉清遠，最適宜表現「宏闊悲壯」的情調。
- 入聲字——多短直急促，最適宜表現「幽怨沉鬱」的情調。

若將上列四種情調，與音律完全配合，自然會激發出：「有感有懷，有風有頌，有喜有怒，有愛有恨」的各種情趣來。這種以「四聲的情趣」來突顯出樂曲的情趣，以「樂曲的音樂性」來加強四聲的音樂性，這種互補互助的手法，不僅能使音律和諧、音色鏗鏘，更能激發起詞的優越感和生命力，使人世間之喜怒哀樂，一切隨樂而舞，隨音而息，這皆是多麼快意人生的盛事。

第二節　認識五音

「五音」，本屬音韻學中的名詞，是專為區別音韻而設立的聲紐。五音之名，首見於《玉篇》末所附之〈五音聲論〉。秦漢以前，古人言「音」，常以「宮、商、角、徵、羽」為五音，這是古樂的五種音階名，非人類語言中之聲也。自南北朝沈約起，始創「聲紐」之說。所謂「紐」者，並非專指聲而言，而是以「因名類聚」之雙聲字為「紐」。隋唐以前無「聲紐」之說，凡發音之字相同者即稱「聲紐」。沈約取一字以為標目，稱之為某紐，自為「聲紐」之始創。後有南梁比丘守溫者，首述三十六字母，學者方正式統一「聲紐」之學，並從此建立了「人自聲帶所發出之音，經過口腔內各有關部位的阻礙後，所出口的新音」的名詞共識。也由於各聲阻的部位不同，故其聲紐有「喉、牙、舌、齒、唇」五音之別。《廣韻》在「辨字五音法」中說：「凡呼吸文字，即有五音。」此中所指的五音，就是「喉、牙、舌、齒、唇」的五種聲類。

不過，前人用這五種聲類的目的，旨在做「反切」（拼音）之基本要件。他們將人自口中所發出之字音，分成前後兩部分：前半段叫做「聲」，並區分為「喉、牙、舌、齒、唇」五聲；後半段叫做「韻」，亦區分為「平、上、去、入」四個韻；前後聲與韻相合，即成為字的「音值」（讀音）。如「東」字，是由「德」與「紅」相拼音而成（即前人所說的「相切」）：前半段的「德」字為「聲母」，屬「舌尖音」，有如國語注音符號之「ㄉ」；後半段之「紅」字是「韻母」，屬「上平韻」，有如國語注音之「ㄨ」（韻頭）及「ㄥ」（韻腳）二者相拼後合成之音；以「德」與「紅」二字相拼後，才得到「東」字的讀音，有如「ㄉ・ㄨㄥ」東的音值，這就是前人的「反切法」。今人雖已改用國語注音符號來拼音，但其方法完全是採用「反切法」的理論而成立的，僅不過是將「反切法」之作法，改用國語注音符號來替代而已。

由之可知，古人所謂的「五音」，是以古樂中的音階為中心，故其標目是「宮、商、角、徵、羽」為五音；今人之所謂的「五音」者，是以人口所發出之音為中心，故其標目為「喉、牙、舌、齒、唇」為五音。雖然，今古在立論上各有堅持，但其製音之法則一致。今參照《四聲等子》聲紐表，及其有關三十六字母等資料，特制定一種「五音關係」一覽表如表六，聊供讀者參考。

表六　「五音關係」一覽表

四聲		上平		下平		入聲	上聲		去聲	上聲		入聲	
古五音		宮		商		角	徵		羽	半徵		半商	
今五音		脣		齒		牙	舌		喉	半舌		半齒	
		輕	重	頭	正		尖	面					
注音符號		ㄅㄆㄈ	ㄇ	ㄓㄔㄕ	ㄗㄘㄙ	ㄐㄑㄒ	ㄉㄊㄋ		ㄍㄎㄏ	ㄌ		ㄖ	
聲紐清濁圖	全清	非	幫	精	照	見	端	知	影				
	次清	敷	滂	清	穿	溪	透	徹	曉				
	全濁	奉	並	從	牀	群	定	澄	匣				
	不清不濁	微	明			疑	泥	娘	喻				
	全清			心	審								
	半清半濁			邪	禪								

說明：一、本表所列之四聲與古今五音之對照，係根據清人紀曉嵐的〈沈氏四聲考〉之說而訂定的。

二、本表所列之今五音與所配之國語注音符號，係參照《中華韻學》(近人張正體編著)第七章第二節之一的「國語之輔音」所列之發音部位之說所訂定。

三、本表所列之三十六字母與古今五音對照，係摘自《四聲等子》「聲紐表」之所述；但《七音略》將唇音配「羽」，喉音配「宮」，與本表相反，不知誰對誰錯，作者限於資料，無法考證，祈諒。

第三節　詞的四聲應用法

詞要求有抑揚頓挫的曲折情調，就必須從四聲的鋪排著手。詞的聲調，一句有一句的律度，一字有一字的音腔，如違反詞的格律，非特不叶歌喉，甚至不能句讀，所以在下字之初，必須要再四斟酌方得無疵。說來也真夠弔詭，詞中最難做好的地方，往往就是這一調的音律最緊要，和最美聽的地方；假若字聲接不上力，那就只有全盤落腔了。所以，詞一定要嚴密遵守「字的四聲」要求與配合。

在一首詞調中，四聲位置的重要性沒有一定，但以在結尾處比較多。萬樹在《詞律・發凡》中說：「尾句最為吃緊，如〈永遇樂〉之『尚能飯否』,〈瑞龍吟〉之『又成瘦損』中之『尚、又』必仄，『能、成』必平，『飯、瘦』必去，『否、損』必上，如此然後發調。末二句若用『平上』，或『平去』，或『去去』、『上上』、『上去』，皆不合。」是皆「煞句之定格」也。宋人著重結句之四聲，是宋詞之所以為歷代之冠。

字的「平、上、去、入」四聲，由於其本身各具有特殊之情調，所以在詞中亦有各種不同的用法。

一、平聲字的用法

平聲字的音調，是平直而悠長、清亮又諧婉的，最適宜用作收韻或收腔上。但平聲字又分陰平與陽平兩種：

- **陰平**——發音高而亮，平而順，且始終如一不變。如「東、江、三」等字，一般都用在詞意悠揚而柔媚的韻句中。
- **陽平**——發音先低後高，低暫高久，且微向上揚。如「同、明、王」等字，一般都用在詞意淒清而帶幽怨的韻句中，可增加韻與腔調的情趣感。

一般來說，詞調用平聲字的比較多，原因是「平聲」字不僅有淒清柔婉之情調，而且還可以使聲調悠揚而高亮，最適合詞意與歌者之表現，因之一般都喜用平聲字。

但也有用上聲或入聲字替代平聲字用者。萬樹在《詞律‧發凡》中說：「『上』之為音，輕柔而退遜，故近乎『平』。」是「上」亦可以做「平」聲讀。「入」派三聲後，當然更可以代「平」聲字用，而且比「上」代「平」聲還來得普遍和重視。不過，在詞的格律中，只有「上」或「入」可以代「平」聲，而「去」聲是絕不可以代「平」聲，因為「去」聲的情調，與「平」聲恰恰相反的原因。

二、上聲和去聲字的用法

在詞調中，常見「去」聲字與「上」聲字相配成韻，或做「去上」，或做「上去」，相配而用，頗具抑揚頓挫之感。當然，「上、去」自亦各有定格，該用「上」者用「上」，該用「去」者用「去」，方能使音節發揮功能。若任意「上」、「去」互易，則調非但不能激起，而且還會落腔，作詞者不可不察。

凡以「去、上」二聲連用者，絕不可任意混之為「上、去」二聲連用；同理，凡以「上、去」做連用者，亦絕不可混之為「去、上」連用。因「上」聲腔低而又情節峭拔，「去」聲腔高而又情節悲壯，二者之聲腔與情節迥然不同，若欲使聲調激起，則當以先「去」後「上」為最佳。如〈永遇樂〉之「尚能飯否」，〈瑞龍吟〉之「又成瘦損」，其間之「飯」與「瘦」必須用「去」聲字，而「否」與「損」又必須用「上」聲字，否則，定必落腔，無法歌唱。謝元淮在《填詞淺說》中說：「宜『上、去』，不得用『去、上』；宜『去、上』，不得用『上、去』。」蓋因「上、去」二聲，在詞中均有轉折與頓挫的作用在也。

「去」聲字，在詞中尤為重要。萬樹在《詞律》中說：「名詞轉折跌宕處多用『去』聲，何也？三聲之中，『上、入』二者可做『平』，『去』則獨異；故余嘗竊謂：論聲，雖以『一平對三仄』；論歌，當以『去對平上入』三聲也。當用『去』者，非『去』則激不起。」又，杜文瀾說：「『平、上、入』三聲，間有可以互代，唯『去』獨用。其聲激厲勁遠，轉折跌宕，全繫於此。」又，吳梅說：「『去』則獨異，起其聲由低而高，最宜緩唱；凡牌名中應用高音者，凡協韻轉折處，凡領頭句，無不用『去』聲者，無他，以發調故也。」

三、去聲字的特殊用法

綜合前人用「去」聲字的成功範例很多，今特舉出五種不同用途的範例如下，以資參考：

（一）用以領句

凡「去」聲用在領頭處，有如導遊引路，使發調特別響亮，詞意又能承上啟下。如吳文英的〈惜黃花慢〉，一連十二句領頭字皆用「去」聲，使萬樹深為讚佩。

（二）用於過片處

凡過片處另起，應使用音節響亮的字，才能掀起下文。一般在上片結尾處，多採用煞聲來煞住韻腳，俾使音律告一段落。若過片之領句用「平」或「上、入」等字，均將無力振起下文，所以必須要用「去」聲字。如蘇軾的〈八聲甘州〉，在下片起句時，用「記取西湖西畔」中的「記」字，對喚起下片的詞意，有如「當頭棒喝」般的力量，使下片有重整上片的雄風之感，這是「去」字本身就有宏闊悲壯的情調之故在也。

（三）用在詞片的結尾處

詞在結尾處使用「去」聲字，似有一種「意猶未盡，欲說還休」的情趣感。尤以描景寫象的詞意，最為恰當。如：歐陽修的〈踏莎行〉中，有「行人更在春山外」的「外」字，和〈蝶戀花〉中有「亂紅飛過鞦韆去」中的「去」字，都是以「去」聲字做結尾的標準範例。

（四）用於韻後的轉折處

所謂「轉折」，是指在前韻後，下句起句前的發調而言。如柳永的〈八聲甘州〉中，有「對蕭蕭暮雨灑江天，一番洗清秋。漸霜風淒緊，關河冷落，殘照當樓」中的「一番洗清秋」，是第一韻結句；「漸霜風淒緊」句中的「漸」字，就是轉折處的用字，因為此處有「漸」的「去」聲字，所以對音律有「揚厲」作用，使下文不僅挺拔而出，更使得上下文有「嚴密呼應」的感覺。

（五）用在詞意的跌宕處

「去」聲字用在詞的跌宕處，不僅能使「文情飛舞，姿態橫生」，更能使得音調「抑揚頓挫」有致。如辛棄疾的〈賀新郎・別茂嘉十二弟〉中的「將軍百戰聲名裂，向河梁、回頭萬里，故人長絕」中的「向」字，及「正壯士悲歌未徹」中的「正」字，都是在跌宕句中的第一字用「去」聲字的範例，不僅使文意「豪情萬丈」，有「悲壯高歌」的情趣，而且使音樂有一種「愈演愈緊迫，愈奏愈響亮」的架勢，使人有呼吸急促、耳不暇聽之感受，這就是「去」聲字的音樂效果。

四、入聲字的用法

「入」聲字，是一種「短促而急收，音重而調緊」的拗聲字，付之歌喉，或許因其聲拗而稍有不順之感；但「入」之音律，則頓顯其「峭勁雋永」之情節。況周頤在《蕙風詞話》中說得好：「入聲字用得好，尤覺峭勁娟雋。」南宋人最喜用「入」聲字，這是因為「入」聲字，具有幽咽沉鬱的情調之關係。南宋人處在當時的環境中，難免對國家，對社會，甚至對自身的環境，多有一種失落和寂寞的感嘆；剛好「入」聲字，最適宜表現此中情節，所以他們在詞中，常多採用「入」聲字。

在一首詞中，「通常『上、去』不可通作，唯『入』聲可融入『上、去』二聲中，凡句中『去』聲字，能遵用『去』聲者固佳，若誤用『上』聲字，則不如用『入』聲字之為得也，『上』聲字亦然」(見況周頤《蕙風詞話》)。當然，還是按詞的實際需要和規律比較好。有些詞中規定用「入」聲字的，就不得易以「上、去」聲字充填；如姜白石的〈法曲獻仙音〉中的首二句之「虛閣籠寒，小簾通月」的「閣」與「月」二字就必須用「入」聲字，因為這是曲樂的規定。又，〈淒涼犯〉中首句之「綠楊巷陌」中的「綠」和「巷」字，亦必須用「入」聲字。這些都是詞句中的用字實例，「入」聲字正可以突顯出詞意的「峭勁娟雋」的情調。

另有「入」聲字用作韻腳的，雖然感到有些拗口，但也正是音律的最妙處，有如全片情緒的總結；如姜白石的〈淒涼犯〉上片之韻腳的「邊城一片離索」、「戍樓吹角」、「更衰草寒煙淡薄」等，都用「入」聲字押韻，頓叫人有一種不勝淒涼與失落的感嘆。

當然，「入」聲字有時亦可以改作「平、上、去」三聲的。因為曲詞是以演唱為主，故對聲腔的要求，必須要「曼聲搖曳」，始能悅耳動聽；但「入」聲之音短促，不宜延長，乃不得將之配入三聲中，以達到演唱的最高妙境。如晏幾道的〈梁州令〉之「莫唱陽關曲」中的「曲」字，本為「入」聲字，在此處當作「上」聲字用；柳永〈女冠子〉的「樓台悄似玉」中的「玉」字，亦本「入」聲，此處當作「去」聲用；蘇軾〈如夢令〉的「寄語澡浴人」中的「浴」字，亦本「入」聲，此處當作「平」聲字用；諸如此類之例特多，不勝枚舉。總而言之，自《中原音韻》主張「入派三聲」後，不僅增加了「入」聲字的利用率，同時也擴大了「入」聲字的情調，更突顯出「入」聲字的藝術性與生命力，使「入」字在四聲中占有極重要的關鍵地位，這真是始料所不及的。

總之，「入」可替代三聲，但「入」做「上或去」聲用則有「陰、陽」二聲之分，做「平」聲用則僅屬陽平聲；「入」做「上」亦可代「平」，但做「去」聲時，則不可以代「平」聲了。這就是詞的格律規定，填詞者不可不察也。

第四節　平仄二字的檢討

今古論詞，常以「平仄」二字，做音律之區隔指標，如某調為「平調」，某調為「仄調」，某詞為「仄韻」等，此種論調的方法，或許在稱謂上，有其簡潔便捷之理由在，但以聲韻學立場而論，終非「音理」之所宜。

詞是要合樂歌唱的。一首詞的格律，除了有一定的律度外，最主要的，還是在字之四聲的配合。換句話說，詞的每一句話，每一個字，都有其一定的格律規定。所謂「詞的五定法則」，就是專門節制詞的每一句話，和每一字而設立的。今僅以「平仄」二字論聲調，把字的聲調，強做對立區分，凡字「非平即仄，非仄即平」的二分法，亦未免過分簡化，尤者，以「仄概三聲」，其將何以分別「上、去、入」三聲？誠不知古人何以獨愛「平仄」？

四聲之音讀不同，情調自然各具特色，加以音律又各有所為屬，對詞自然有舉足輕重的影響力。所以，今古詞人，莫不盡力追求至善至美之境界。但是，經歷各代詞話的總結：「能依句填詞者，已屬佼佼之輩矣，至於依譜用字，那已經是百無一二；若詞分『平仄』，不計四聲，奚取焉？」（摘錄楊纘〈作詞五要〉），是不得不有深加檢討之必要。

一、以發音言

人口之發音，是由聲帶振動後，經由有關器官加以節制而形成，由於負責節制的部位不同，所以在音韻學中，被區分為「喉、牙、舌、齒、唇」五大聲類。

- 喉音——凡聲經過喉部的節制，即發出如「烏、憂、由」等字來。
- 牙音——凡聲經過牙部的節制，即發出如「康、枯、各」等字來。
- 舌音——凡聲經過舌部的節制，即發出如「通、同、奴」等字來。
- 齒音——凡聲經過齒端的節制，即發出如「蘇、祥、心」等字來。
- 唇音——凡聲經過唇部的節制，即發出如「幫、並、明」等字來。

其所以發出各種不同的音值，是受各部位器官節制的結果；今僅以「平仄」二字，來概括五種器官的發音，則為免失之偏頗；尤其是詞文必須入樂的，而樂有八音七調之繁，又豈可僅以「平仄」所能概括者？

二、以情趣言

字有「四聲」之說，已成為語言學上的定論，也可以說是我國語言上的特色。在人的語言中，只要發音，就必具四聲，以之成文，就是「平、上、去、入」的四聲調。雖然古人對四聲之成音，各具音理之爭，但莫不以音之「高低、強弱、長短、緩急」做區分。就是因為「音」有「高低、強弱、長短、緩急」等之別，所以才形成了四聲各具特殊之情節來。如唐《元和韻譜》釋四聲之性為：

- 平聲哀而安。
- 上聲厲而舉。
- 去聲清而遠。
- 入聲直而促。

若將上列四聲情節嵌入詞中，則自然表現出：「有感有懷，有思有頌，有喜有怒，有怨有恨」的各種情趣來，今僅以「平仄」以概括之，其將如何界定「喜怒哀樂」的境象？尤在，四聲已正名千餘年矣，而且各具特色，各懷情趣，烏夫捨正名而不由，而仍沿用「平仄」之謬耶？

三、以音律言

四聲之入律，實緣於樂曲之要求。詞要韻律和諧、音色鏗鏘，除了要嚴審四聲外，還要辨五音，別陰陽，選情節，守法度，是四聲之為韻亦難矣。就因為音律對用字有如此眾多的要求，所以能真正和協之詞並不多見。沈義父在《樂府指迷》中說：「前輩好詞甚多，往往不協音律，所以無人唱和。」這是緣於詞人只講「平仄」，不計四聲的結果。他們認為：「只要平仄相符，即無差失，又何必斤斤於四聲陰陽之說，而招刻舟求劍之譏耶！」是詞之所以不工者，實因以「平仄」二字有以害之也。其學如蘇軾、歐陽修者，李清照猶譏之為「句讀皆不葺之詩耳」。張炎嚴主四聲之說，其本身依然飽受「平仄」之困，況他人乎？余固知格律有過於苛求之嫌，但亦驚「平仄」之用竟濫觴若此，不由不令人殊深感嘆。雖然說詞為詩之餘者，但畢竟詩、詞各具體制，以平仄論詩，或可稱之為區隔指標，若以之論詞，則近不倫不類矣。

尤者，在曲律中，上、去、入三聲，不僅各具不同的情趣，而且各自占有無可替代的一定比率；如：

- 上聲舒徐和軟，其腔低。
- 去聲激厲勁遠，其腔高。
- 入聲短促急切，其腔重而促。

以之入樂，三聲各有定位，不容任意取捨；如「上、去」之位互換，則調必無法激起；若以「入」聲擅自移作「上、去」，則句必拗口，不能歌唱。此即四聲之定格，知音者謹慎猶恐不及，況刻意模糊法則，而妄言平仄耶！

總之，「平仄」二字，從字義講：「平者順也，仄者拗也。」以之論詩，反正詩不是以歌唱為目的，或可恰如其份；若以之論詞，則顯又失體制之嫌。說也奇怪，人人明知此事之未妥，卻歷經千餘年而不見有人敢說「不」，何也？此即官場文化也。君不見，凡時人作品中，每出一詞，必先引前人之說以求自保，無他，恐遭人譏誚也。因為如此，所以中國近千年來，迄不見有「創新」之作。時局在變，人心亦在變，古之人無前例可引，所以古代人多有發明，今人動輒以前人之所言所行為範例，不思創作，故今人多存依賴和守舊之心態。前人者何？亦當時之今人也。張炎力倡四聲而詞猶失調；楊纘文必宮商，而聲多不揚；柳詞雖工，然猶有敗韻；蘇學雖富，猶句不成聲；又有誰敢自命完人？值得後之人之所以如此世代因襲者耶？然蓋其所以因襲者，無他，鄉愿作祟之過也。近人好因襲，所以在千餘年來無創作發明。

當興則興，該革則革，是勇者之行也。凡事不求有功，但希無過，其將何以致國家於富強康樂之道？是今之國之所以不如秦漢，今之人之所以不如古之人之故也。吁嗟！因襲而不知自創，其過亦甚矣！悲夫！

第六章 詞的創作

關於詞的創作方法，可說是經緯萬端；歷代各家雖各有立說傳世，但均係個人一私之見，難做共識，且常見有舉一而漏萬之憾；是皆因所涉之範圍極廣，而所遵守之法則又至雜。故自唐宋迄今已千餘年矣，雖然詞調的發展，有二千三百餘體之多，詞作品亦有近萬首之眾，然足以流傳傲世者而不滿百。何也？實詞格律之嚴而雜有以致之也。沈義父在《樂府指迷》中說：「前輩好詞甚多，往往不協音律，所以無人唱和。」即學如歐、蘇，知音如周、柳、吳、姜等輩，猶詞不多傳，況一般乎？由之可知，詞之欲工亦難矣。

其實，詞是完全由民間歌謠發展出來的。早期的詞，有如近體詩一樣，只講平仄，而不計四聲；自柳、周等人興起後，為標榜自己的知音身份，進而通過古樂府的宮調旋律，增訂出詞的許多嚴厲規律來；後之人亦不之察，遂將其作品奉之為制式定格，在一些所謂的詞論、詞話中，廣為渲染，一時成為風尚。如：

- 詞要究四聲，審五音，別陰陽，守音律。
- 四聲與陰陽，宜相間使用；一句之中，不可連續使用兩上、兩去，及三入、三平等同聲字。

- 入聲可做平、上、去三聲用，上聲限做平、入用，去聲獨用，陽上僅可做去聲用。
- 凡詞中用字：宜用上、去者，不可用去、上；宜用去、上者，不可用上、去；宜陰不可用陽；宜陽不可用陰。
- 凡詞的一句中，不論平、上、去、入四聲，一律不得疊用四個同聲字。
- 凡平仄相配，陰平宜搭配上聲，陽平宜搭配去聲。

在如此眾多的法則中，有些固屬詞律的基本要求，但絕大部分都是幾近「吹毛求疵」的感受。當然，若能一一持律而作，定必成為詞中的聖品；但問題是：在這眾多的要求下，試問有誰敢說能夠完全做得到？

就拿周邦彥來說吧！在詞藝界，他的詞譽極高，也曾在詞調的審訂方面做了一些精密的工作，因為他是北宋大晟府欽定的主管官吏。但是，在他的詞作中，就有人指證了很多不合於格律的規定，例如：

在他的〈渡江雲〉一詞中，有「陣勢起平沙」的「陣勢」二字，就是二個「去聲」字連用；同詞中的「驟驚春在眼」的「在眼」二字，亦是二個「上聲」字連用；又同詞中的「清江東注」的「清江東」三字，亦三個「平聲」字連用。還有在他的〈大酺〉一詞中的「郵亭無人處」的「郵亭無人」四個字，竟做四個「平聲」字連用！你能說他不知音嗎？但他就敢明目張膽地觸犯四聲連用的規定。

另如柳永、姜白石、吳文英、張炎等輩，都是制定格律的參與者，或力主嚴守四聲的大將，但在他們各自的詞作中，就常見有不守四聲規律的作品行世。如：柳永的〈尾犯〉中有「金玉珍珠博」的「金」字，當用「去聲」；吳文英的〈絳園春〉中有「遊人月下歸來」的「遊」字，合用「去聲」；但他們偏偏要用「平聲」字，以致造成拗句，使歌者有無法開口之困！你又能說他們不懂四聲嗎？假若這些詞是我們的作品，一定會被人指責為「不懂音律」，但他們呢，反而受人推崇為「詞的拗句定格，不能改作順句」。這就足以證明，只要詞文優美，聲調鏗鏘，依然不失為佳作；又何必斤斤於四聲與陰陽之間，而徒招「刻舟求劍」之譏誚耶？

所謂「詞的格律」，嚴肅地說，它不過是詞的一種「理想境界」而已。當然，凡事在初創之始，形式上不能不有所規範，不然，任其漫無目標地發展，那豈不是亂成一團糟？詞在隋唐之世，根本就是近體詩的五、七言律絕句來配樂歌唱的，根本上就沒有什麼四聲、五音的。自唐五代後，知音人才輩出，他們為炫耀自己在音律上的成就，乃提出了各式各樣的要求，使得詞律經緯縱橫，以致一般後學者，不得其門而入。說句實在話，這根本就是前人在愚弄後學者，非格律之過也。因乎此，本章特從歷代有關詞的論述中，總結出幾點原則與方法來，並做系統的介紹，聊供大家參考。

第一節　詞的創作原則

詞的創作，綜上所述，我們已知道，所謂「嚴守四聲」之說，僅不過在標榜詞的創作原則，並非絕對不可侵犯的律條。要不，又將如何解說柳、周等人的作品呢？

因乎此，我們可以得到一種理解：「格律雖嚴，但不禁活用；聲調雖雜，可依聲相應；雖不能一切持律而作、依譜用字，但可以視調立韻，按句填詞；這固然是等而次之的作法，但亦不失為一種發展趨勢。」但求「音韻和諧，聲調鏗鏘，措辭雋永，意境高格」足矣，又何必拘泥於前人所說的四聲、五音之種種大道理呢？

茲將上述四項基本原則，分別簡介如下：

一、音韻要和諧

「和諧」，是詞的一種基本要求，因為曲律是由各種聲調組合而成的。聲調有陰有陽，有高有低，有疾有徐，有感有傷；將之組合成曲，自然就表現出各種「喜、怒、哀、樂」的情趣來。

詞是入樂的詩歌，當然必須講究字音與調式的配合；但字由於所發出部位的不同，自然也形成了「字」本身的各種聲調（即平、上、去、入四聲）。假若樂曲正演奏至激昂悲壯之處時，而字聲卻反映出幽咽低沉之勢，試問這首詞還能唱、還能聽嗎？所以，在用字上，就不得不認真考究四聲和聲律的配合了。

其次，在一句詞語中，字聲不要拗口，也就是說四聲要相互間用，才能爽口，這本是文法上的修辭問題；任何一句成語中，絕無可能用同一「詞性」，或同一「聲調」的字，所能組成的句子。詞的句法，本就是一句語言的組合，若將某聲的「字」做無限的連用，不僅不能歌唱，就連句讀也會覺得怪怪；這就是「音韻要和諧」的道理。

說起來也真夠弔詭，這些修辭的方法，我們在小學時代，老師就在教我們該如何組合了。就以兒童常講的「我要出去玩」這句話來分析吧！按九品詞法講:「我」是代名詞,「要」是動詞,「出」在此做形容詞用，「去」在此做介詞用，「玩」在此做名詞用，這一句話中，就包含了五種詞性；若用四聲來分析；則「我」為上聲，「要」為去聲，「出」為入聲，「去」為去聲，「玩」為平聲，這就是「上、去、入、去、平」五聲相互間用的組合。這雖然是修辭、練句的道理，但又何嘗不是四聲應用的法則？只是，從來沒有人這樣說過，所以大家都在天天用而不知覺。現在，既然明白了這個道理，還用得著去絞盡腦汁，來學前人所說的那套荒謬的大道理嗎？

二、聲調要鏗鏘

聲調，是樂曲的生命力。聲調愈響亮，曲律才會愈振起；曲律愈振起，聲調的情趣，才會充分地發揮；情趣愈發揮，歌詞才能引人入勝。柳永的〈望海潮〉一詞，曾引起金主亮的「投鞭渡江」之志，這就是聲調鏗鏘的效果。

所謂「鏗鏘」，是指金石相撞擊的聲音而言。古人常喜以金石聲來比喻音律，因為它的聲調「中和」，不僅清脆悅耳，而且還響亮悠揚；這種音節，最易引發人們的思想、情緒了。凡曲律莫不以音為主導，當音律悠揚和諧時，人們會自然地流露出一種纏綿、傷感，和淒涼的表情來；但當音律轉至急促拗怒時，人們又會自然表現出一種豪放、悲壯，以及激昂的情節來；這就是聲調的魔力，人們是無法拒絕的。在填詞用字上，就必須先了解「字」的聲調，與人們「喜、怒、哀、樂」的關係。

一般來說，平聲字多悠揚，最宜表現纏綿、感傷的情節；上聲字較峭拔，最宜表現矯健、活潑的情節；去聲字較宏闊、粗放，最宜表現豪放、悲壯的情節；入聲字較短促、急重，最宜表現沉鬱、幽怨的情節。當然，這只是一種概說，並非絕對；凡事只要多從中體味，自不難理出一個結論來。若能按上述情節去斟酌用字，在聲調上，是絕對會鏗鏘響亮、引人入勝的。

三、措辭要雋永

所謂「雋永」，是指「詞話有風趣，而又耐人尋味」的意思。詞本是一種飽含風趣的藝術體，向有「哀而不傷，慍而不怒」美評行世；歷代多有傷時憤俗之作，但從未見有暴牙橫齒者問世；它不同於「詩之言志」，亦不同於「歌之言情」，更不類於「文的說教」；它的感情是澎湃的，但它的語言是含蓄的；它是以「花鳥」代表歡笑，以「紅綠」代表美好，以「秋景」代表感傷，以「行旅」代表幽怨；雖胸有滿腔憤怒，但從不破口傷人；雖情有萬般無奈，亦絕不輕言菲薄。如柳永的〈鶴沖天〉:「忍把浮名，換取淺酌低唱。」這段詞是他在科考落第後，抒發失落心情的寫照，當然可理解他在字裡行間充滿了不平之氣；但在他的詞作中，卻找不出一個有怨有恨的字眼來，這就是詞品與眾不同的特色處。

本來，詞的語句，是以抒情為主；它是一種以少數的語言，來表達複雜的意象，和豐富的思想與感情的韻文體；在一句詞語中，為了要突顯出音律的情趣，就必須在創意與用字上，力求簡鍊。所謂「簡鍊」，就是要言簡而意煉。凡描繪景物，或表達意見和感情時，要高度集中，並以簡潔和概括的手段，來從事煉句的工作；不僅要使人有一種如「身歷其境」的感受，而且還要有迴旋的空間，讓人去遐思和回味。例如：柳永在〈望海潮〉一詞中的措辭，就是最佳的代表作，也是詞史上評價最高的佳作；他的優點，就是字句的凝煉功夫。人言柳永善於鋪敘，確有可信之處。他的這首詞，是以描述杭州西湖景物為主題，如：在他的上片中，以「煙柳畫橋」，來描寫杭州街道的美麗；以「風簾翠幕」，來形容杭州市景的繁華；更以「珠璣、羅綺、弄晴，和泛夜」的簡鍊語句，來寫杭州的聲色和遊樂的冶蕩；簡直把杭州城寫活了。無怪乎，金主亮聞歌而起「投鞭渡江」之志！或許傳說有些誇張，但詞中的話，確實是措辭聖手之作，是經過高度的凝煉而成的。他不僅用三言兩語，來概括杭州城的一切，而且還具有高度的雋永風味，真不失為措辭上的最佳範例。

四、意境要高格

詩歌是透過「形象」來表達其意境和感情的，而「形象」必須經由「意境」來建立；在同一形象中，由於詞作者各自的生活感受不同，因之在詞作上，就形成了各自獨特的意境。凡意境高遠者，則形象亦隨之高遠，將之鋪敘在詞作上，自然就會展現出一種「宏闊壯麗」的高遠風格來，此即古人所常說的「意遠而格高」的境界了。

所謂「意境」，是指作者對詞所賦予的思想、感情而言，也可以說是人的一種「性格」表現；意境的高超與否，是與其本身的生活感受，有著密切的關係。一般而論，凡奮發圖強的人，通常是意境多有豪放激昂的氣概，如辛稼軒、陸游等是也。凡疏狂不羈的人，一般意境多有飄逸雋永之作風，如李白、蘇軾是也。凡多愁善感者，其意境多現纏綿沉鬱，如柳永、周美成是也。凡意志柔弱者，則意境必然是艷麗萎靡，如李煜、秦觀是也。當然，這也只是一種概略的歸納，但亦足以說明，一首詞的意境，為何有高下之分的原因了。

誠然，意境不完全在於風格之高下，因為凡有經驗的作家，其風格是可以「隨物賦形，因勢應變」的。但風格卻全在乎意境；沒有高格的意境，是絕無可能創作出高格的詞風來。今試舉一例說明之：

〈金陵懷古〉這首詞牌，相信大家都知道，而且歷代填此調的詞人也非常多；據《古今詞話》的概略估計，當在四十家以上，但以王安石與周美成二人之作較勝出；其中又以王安石的〈金陵懷古〉為最佳。何也？乃意境高下之判使然也。王作此詞時，是退隱後的暮年時段，他曾是政治的改革家，又親身經歷政治風暴十餘年，當然，他對國家的政治現象，自有著與眾不同的深切感受；僅以這種感受來立意，就已勝出一般人，何況他對政治自有一套高瞻遠矚的見解呢！所以，在氣度上，就已經高人一等了。至於在布局上，雖然他是以「晚秋景物」做背景，但在字裡行間，卻找不出半點「蕭瑟淒涼」的景象，反而更突顯出山河的一片生機，和表達個人濃厚的愛國情操，這又是他煉句的高處。下片以「登臨對此」與「悲恨相續」的感傷語句，來終結一場「懷古」的傷感；這種的「意境」，該是多麼的高格調！就因為如此，所以才創作出流傳千古，而又永垂不朽的名句、名詞來。

而周美成呢？第一，因他是大晟府的高官，平時只知捕捉跳動的音符，不諳國家政事，在氣勢上，已遜王多矣；第二，兩人雖是同詠一題，但因生活的感受不同，以致胸懷各別。周詞的格調，雖亦算高格，只可惜在立意上，一直停留在慨嘆中，沒有正視當時的現實而做出批判，所以在全詞中，一片哀嘆之聲，看不到一線生機；這就是他在意境上的失敗處，亦自然無法引起讀者的想像和回味了。由之可知，意境的高下，足以決定一首詞的成敗，當非泛泛之論也。「醉裡挑燈看劍，夢回吹角連營」，定非閨秀之詞意；「知否，知否，應是綠肥紅瘦」，當非豪士之胸懷；其所以「意境」之不同，皆緣於生活上之感受有以致之也。故創作之初，立意不可不慎。

第二節　詞的創作方法

詞語本來就是語言的形式，有關語言的組成，基本上是依據九品詞的使用方法來造句的。在人類語言中，必須要有兩種或兩種以上的詞類來搭配，才能成為一句話；單獨使用一種詞類，是無法表現意志和感情的。

詞的語言也是一樣，只不過它是比較特殊的文藝作品，除了按九品詞類來造句外，還要接受字的四聲、五音，以及詞調與音律等規範，所以詞在語言的運用上，自有其特殊的藝術手法，而與一般文學修辭，是不太相同的。有關詞語句法的組合，作者在前章中，有較詳細的闡述，本章在此不再贅言。

有關詞作的方法，歷代詞人各有著論，但多因見解不同，形成了各說各話；雖然仍有情節之爭，但都還各具道理。本章特參照前人之有關詞話與論述，並參酌作者實際之學習經驗，將之歸納為：「構思、布局、修辭、造句」四個階段，來分別加以介紹：

一、構思——詞作三問

所謂「構思」，就是決定一首詞的主題。凡事必須先確立主題，方能依題布意。前已說過，詞是依形象來表達思想和感情的；所以，詞在構思過程中，首要之務，就是決定一首詞的意境。換句話說，就是要先問問自己：「打算寫什麼？如何寫？目的是什麼？」這種三問的方式，就是「立意」。明黃子肅在〈詩法〉中說：「大凡作詩，先須立意。意者，一身之主也。」清沈德潛亦在《說詩晬語》說：「寫竹者，必先有成竹在其胸。」此皆指「意在筆先」之謂也。故「立意」是詞的構思工作。唯有把主題先建立起來，才能進行有關的各種思維活動。所以說，「立意」是創作之首務。

「立意」的主要任務有三：第一，要確立目標（即是「寫什麼？」）；第二，要選擇方向（即是「如何寫？」）；第三，要統一意象（即「目的是什麼？」）。這三項工作，可以說是一首詞的籌備活動，詞的好壞與格調的高下，就全看這三項工作的用功程度來決定了。事關詞的基本建設，本章特在此做較深入的論述如下：

（一）建立中心思想——寫什麼？

大凡詞的創作，都是先有一種靈感或意志在推動著，如懷念某人某事，或觀光某景某物，或因風雨而生愁，或因哀樂而傷感；凡人事時地物，以及思想、感情與意識形態等都是「詞」的主題目標，可以說是包羅萬象。但在創作的規律中，你只能從中選擇一項，作為思考的對象。這是因為意境必須要統一，不能容許二個以上的事物來同時進行思考，以致擾亂情緒。

在本質上，目標與色相之分，無是非之別，無高下之差，無對錯之慮，一切全視作者一時的靈感與意象而定。所以，目標的決定，不在乎本質，亦不必諱淫諱盜；因為目標的責任，是啟導作者展開各種思維活動而已。至於詞的內容，那是作者在構思途中，對意象所做的決定了。不過，若能有個正大光明的目標，當亦會間接協助作者對意象的提升。在目標的選擇上，應注意下列各點：

- 不用不成熟的靈感或意志所產生的目標（主題）。如「懷古」：凡對所詠之古蹟的時代背景，以及政治、人事、社會，與周邊事故，不完全了解時，最好不要隨便使用，以免遭人非議。
- 不做不具有切身感受的「懷念及傷感」，以免遭受「言中無物，話不入題」的譏誚。
- 不做非能力所及的時玩或物議，以免貽笑大方。
- 不立狹隘而又生僻的主題，以免困擾自己的思維路線及活動。

以上幾點，純為個人之學習心得，特提供大家做參考；至於是否正確，那就只有請各位，從自己的實務中，慢慢去實驗與體味了。

（二）確定方向——如何寫？

詞的境界，是主張以藝術手法來從事發展的。所以，它的意象，是提倡含蓄而蘊藏，只宜乍隱乍現，不合直進直出。一個主題，僅不過是一種實物的形象而已；在詞的語言中，形象易受它本身條件的限制，無法做出多彩多姿的表達，所以必須使之蛻化成人的意象，使人的思想與感情，先融入物中，而後使之「神與物遊」，並進而推演出「借物之理，抒我心胸」的藝術境界。

詞的內容，常為詞評者作為格調高下的基本資料之一。如吳文英的〈玉樓春〉在詠「京市舞女」一詞中，他除了把形容舞女的句子湊在一起外，看不出有什麼意境。所以，張炎在其《詞源》中的評語是：「有如七寶樓台眩人眼目；但碎拆下來，不成片段。」這是有其道理的。一般而論，詞不能沒有重點和方向；當在構思過程中，其對目標所產生的感情和意志，往往是千頭萬緒，一時真不知該如何取捨；此時若沒有設定重點與方向，勢必造成東拉西扯，而成為雜亂無章的局面。所以，一般有經驗的詞作家，每在構思之前，會預先設定了一條前進大道，而後把所有的思想與感情，集中地沿著這條大道去構思。這樣，不僅可以節省思考的腦力和時間，同時還可以刪除不必要的思維，和整理出一條合乎方向的思路，更可以誘導腦力做更深入的探討和錘鍊——這就是「方向」二字的效果。

此外，「方向」還是一首詞的工程計畫書，當詞在進行構思工作時，「方向」及時提出了一部完整的內部工程規劃。如：

- 採用工程規格——詞的格調。
- 選用工程材料——詞的意象。
- 建議施工方式——詞的風格。
- 動員人力物力——詞的語言。

以上都是詞作的基本要件，但均須在進行構思前，要逐一完成的準備工作；否則，創作者不是會「迷失方向」，就是會有「無從下手」的感嘆。所以，選擇「方向」，是詞作者的基本要件，亦是詞的架構和藝術的基礎設備，吾人不可不特別注意。

（三）統一意境——目的是什麼？

詞在構思活動中，往往因思想和感情的關係，常擠進了多種多樣的思維景狀，尤其是在懷念或傷感的意象中，該說的實在太多了，真不知該如何著墨才好！但詞調的字數，是有一定限制的，因為它要受音律的規範，不可能任你自由條陳；因之，最好的辦法，就是實行「意境統一」。

所謂「意境」，是指詞的思想、感情而言，也可以說是一首詞的藝術境界。當然，在構思中的各種思維景象，只能說是一種「形象」。一般的說法，「形象」是呆板而無變化的，若以之入詞，必然會使詞意顯得平淡而無生氣。所以，有經驗的詞作者，都會將「形象」轉化成「意象」，而後用之；其目的是在提升詞語的藝術表現。但在構思中的「形象」，並不是每個都可以蛻化成「意象」的，何況還有「是否有此必要」的意識之爭在呢！所以，必須有所篩檢。此種篩檢工作，就是「統一意境」的基本概念。依據個人的心得，可以分作三階段來處理：

1.去雜念

在構思中的思想和感情，有些是與題意雖然有關係，但情節並不重要；像這些不關痛癢的感情、雜念，盡可能先行刪除，以免擾亂思路，藉以促使情感純潔化——這是第一步的篩檢工作。

2.捨次要

凡經過篩檢，而仍停留在構思中的概念，就是題意中的「形象」。雖然各種形象都是題意中主流現象，但其所占事件中的份量，必定會各有輕重比率。為了突顯其題意，有必要從中捨輕而取重，以便擴大渲染，使詞進入藝術境界。

3.立意象

形象的意涵包羅萬象，凡人事時地物以及思想、感情，與意識形態等，都屬「形象」之一種。唯「形象」乃屬客觀的事物，不能獨自構成「意境」，必須將之轉化成「意象」，始能成為詞的語言。但「意象」亦有主客之分，而詞又只能容許一個主體的存在，所以，何者為主體，何者為客體，當視其題意而決定之。若主體對題意情意深厚、意象鮮明，則其所表現的意境，自然會構成詞的宏闊、高遠的藝術境界。所以，前人常說：「詞的意境，可決定詞品的高下。」信哉斯言。

一般來說，甄選「意象」的標準有三，今分別簡介：

（1）要明確——一個鮮明正確的「意象」，不僅可以端正詞的主題，而且還可以表達出詞作家的風格。如岳飛的〈滿江紅〉、范仲淹的〈蘇幕遮〉，就是標準的範例。

（2）要生動——有生動的「意象」，才能表現出活潑風趣的詞格。如周美成的〈六醜〉：「長條故惹行客，似牽衣待話。」蘇軾的

〈西江月〉:「稻花香裡說豐年,聽取蛙聲一片。」像這樣活生活現的意象,不由不令人驚起,而擊楫三嘆了。

(3)要有感染力——一個上好的「意象」,除了要有真實感外,還要具有色彩美,因為色彩是最富有感染功能和效應的。如柳永的〈望海潮〉,自「煙柳」以下,直把杭州城的湖山勝概、四時風物、市井繁華,以及民間歡樂等等,寫得栩栩如生,這簡直是一幅美麗的畫圖,大有撼動人心之勢,無怪乎金主亮聞之,遂起投鞭渡江之志。

總之,意象愈明確,詞語愈現生動;意象愈生動,詞語則愈有感染力;意象愈具有感染力,則詞就自然進入藝術境界了。說「意象」為詞的基礎建設,當非泛論之言;吾人在創作之始,就不能不三復斯言。

二、布局——三原則

詞的「布局」,其方法與一般詩歌大致相似;但是,由於詞的結構關係,致使詞在布局的方法上,則稍有差異。嚴肅地說,「布局」就是詞的一種施工圖,布局的好壞,直接關係著詞格的高下;前人對此有很多論述,如:元陸輔之說:「製詞須布置停勻,血脈貫通,過片不可斷了曲意。」沈謙說:「構曲貴變。」朱承爵說:「長篇須曲折三致意,而氣自流貫。」綜上所述,則知詞的布局,除應遵守一般的「起、承、轉、合」的基本法則外,還要要求布置「勻整、流貫、變化」三原則。因為在詞的布局中,「勻整」是詞的姿態美,「流貫」是詞的風韻美,而「變化」則是詞的藝術美,如若詞作三美皆具，詞品自然高格。有關詞的布局原則，特在此做比較深入的探討。

（一）意境要勻整

詞的格調，除了極少數的單片外，絕大多數是要分片的，甚至還有分成三片及四片的慢詞亦不在少數；但詞的內涵，只容許一個意境的存在，如之何將此意境中的色彩、風韻，以及感情等，安適地散布於全詞各片的每一角落中，而又不失全篇意境之主旨，這的確是一門高深學問。

一般的說法：要求「布局」均勻，小令比較容易辦到，慢詞就不太容易掌控了；這並不是說慢詞無法辦到，而是要看個人的功夫如何了。有經驗的詞作家，一定會將意象中的全部色彩、風韻，及感情等，在詞的先後思路，和音律節奏的緩急，適當地而又技巧地排入片段中。如柳永的〈夜半樂〉，就是最好的範例。他在詞作的布局上，先以首片來描述旅途之經過，再以第二片來鋪敘目中之所見，而後以尾片寫出自身的感受來。綜觀全詞，雖然前二片都在寫景，但二片所用的筆墨完全不同。第一片是以輕描淡寫的手法，做觀光瀏覽而已，這是景象，所以只做景語；第二片的手法大變，雖然仍在寫景，但已將景象轉化成了意象。因為他的目光，由自然現象轉到了社會人事上，所以他景語轉化為情語來描述，也因之激發出他的自身感受來。所以，在第三片中，他的懺悔與慨嘆之情，溢於言表。像這種鋪敘手法，不僅把意境勻整地排入各片段中，而且從漫不經心的演進至觸目驚心的感情變化，使前後相映成趣，相得益彰，真不愧為詞中之佼佼者。

（二）血脈要流貫

詞是要分片的。當然，也有如近體詩不分片的單片，但比較少，大多數皆分成上下兩片，這是曲詞的格律關係所使然。不管詞分成多少片，但畢竟還是同一首詞；所以，在意境上，在上下兩片中，必須要血脈一貫，彼此銜接，共謀承上啟下之功，不可因分片而斷了詞脈和曲意，這也是詞作家的基本要求。

一首意境流暢的詞，不僅表現出詞的畫面美，同時也突顯出曲的韻律美；它不僅使主題充滿了生氣，同時也給予人們一種情思悠悠、韻味深遠的感受。所以，一首成功的詞作，除了具備完美的結構，和巧妙的表現手法外，最主要的，還是要把握住「血脈的流貫」功夫；否則，詞中縱有千軍萬馬之勝、高壘深池之備，其奈將士不睦、紀律鬆弛何？故前人論詞，常有：「如力確有不逮時，寧可拙其手，不可斷其意。」此誠知者之言也。

人言柳永為詞中之能者，向以鋪敘見稱，但在〈望海潮〉一詞中，我認為他是以結構致勝。何也？今試觀之：〈望海潮〉一詞，本是在寫杭州的形勝與繁華，所以「繁華」二字，自然就成了他的主題意境；但「繁華」是抽象的意象，內容包羅萬象，絕不是三言兩語就可以交代得過去的；若以一般水平的作家來寫，其結果不是亂石羅列，了無生趣，就是言中無物，形同嚼蠟，這自然談不上什麼藝術境界了。而他呢，畢竟與眾不同：他以直起直落的手法，先突顯出杭州的歷史地位；緊接著，以連續三組不同的景語來建立意象，共同烘托意中之主題。故自「煙柳」以下的形象、意象、景語、情語，無一不是在為「繁華」二字著力。這種結構，不僅亮出了杭州城的聲色美，更創造了詞的藝術境界，當然也展現出詞的「血脈流貫」功力。從詞的「東南形勝」開端，到「嬉嬉釣叟蓮娃」止，幾乎都在為杭州城繁華的渲染而努力。這確是一首好詞，它不僅畫面美，結構美，而且還洋溢著生氣，蕩漾著歡樂，和充滿著和諧的氣氛，真是別具神韻！短短的十幾句話，把杭州城的山河氣概、市井繁華、四時風物、人間笙歌，一網打盡，不能不嘆為觀止。

（三）布局要富變化

所謂「布局」，簡單地說，就是詞的一種施工設計圖。它是將詞的情節，用藝術的手法，加以均勻而又適當地安排的意思。詞的情節，是集合詞人的各個意象，所組合而成的藝術的藝術境界，也可以說是詞人的思想和感情的綜合體。在每個情節中，都有其開端、發展，和結局的整個故事經過；形之於聲，則為音樂；賦之於文，則為詩歌；它可以獨立成章，亦可以延伸為長篇故事。所以，情節就是詞的意境組合。

詞是以抒情為主的，因之在情節上，愈變化愈有生趣，愈巧妙愈有藝術感。凡事物本已各具情節，詞人為之描述，只不過在代表事物言其「心之所欲言」而已。由於各人均有自身的生活感受，因之所創造出來的意境自然亦各有別；這固屬修辭學上的問題，但又何嘗不是「布局」功夫的高下之分呢！一般論詞，常以「語要豪，氣要壯，力足以扛鼎，色足以迷人」為高格；這固為強者之言，然終非定格。如〈金陵懷古〉一詞，王介甫（即王安石）的〈桂枝香〉與周美成的〈西河〉二詞，當非豪壯之詞，其所以能傳誦千古者，固在修辭上，皆自有其獨到的功力；然而，詞評者卻以王詞為佳，何也？是乃「布局」之差異使然也。王詞之所以勝出者，全在情節的部署得力之功也。今試以二詞做對比觀之：

1.王詞以「登臨送目」開端，立意高遠，周詞則以「佳麗地，南朝盛事誰記」起句，二人在發慨的氣勢上已分高下了。

2.在情節發展過程中，二人雖均以描述金陵的形象為手段，但王詞多用渲染手法，如「似練、如簇、驚起、斜矗」等極富掀動性的字眼來震撼人心；而周詞則一直沿用「平鋪直敘」等方法來鋪敘，僅表達個人的感慨，故無法引人入勝。

3.在詞的過片上，王詞以「念往昔」來承上啟下，由看轉變為懷想，直筆破題，並以「悲恨相續」來嗟嘆和指責，已點出了大眾的心聲。其中尤以「謾嗟榮辱」之句，一語翻空，將人們從一片嗟嘆聲中喚醒，化消極為積極，激發起人們 種奮發圖強之志，這充分表現出政治改革家的作風；較之周詞一味停留在個人嗟嘆聲中，對國家和社會，未曾見有半句建言，其間情節之相差，又何止千萬里！

綜觀詞之創作，除了要有宏闊高遠的意境外，最主要的還是在布局的技巧上。王詞之所以勝出，是他在布局上，先以渲染的手法，引導著人們對國家的熱愛；次以嗟嘆的心情，來指責六朝的貴族，只知競逐繁華，不思振作；最後以「謾嗟榮辱」一語，來喚起天下人。如此胸懷，如此布局，真可稱之為天下絕唱。無怪乎，蘇軾見此詞而嘆曰：「此老乃野狐精也。」

三、修辭——四要求

詞是要合樂歌唱的。在詞的語言中，除了要奉行一般的語文習慣和修辭的規範外，還要講究所謂的藝術手法，來配合本身音律的要求。這是「詞」畢竟是一種較為特殊的文學作品，故其語言的運用，亦必須要以特殊的藝術觀點與藝術手法來處理。

所謂「修辭」，就是詞語的製作方法。詞是以抒情為主的，一首成功的歌詞，都必須具有膾炙人口的佳句。而此等佳句，就是所謂的「藝術語言」，是透過作者的藝術思維而創作的；所以，它們不是豪氣干雲，就是風趣十足，或艷麗動人。如：岳飛的「怒髮衝冠」，壯語也；辛稼軒的「醉裡挑燈看劍」，豪語也；蘇東坡的「把酒問青天」，風趣也；柳永的「念粉郎言語」，艷麗也。若這些語句之所以成為名句者，皆以藝術之功有以致之也。由之可知，詞之格調高低，全看修辭的功夫如何而定了。

前人對修辭技巧的說法，各具主張，雖然各自有道理在，但均不夠全面，而且多用譬況之言，初學者很難心領神會，頗引為憾；今特以個人困學之心得，列舉數則，作為後學者之參考。

（一）要合樂

詩歌是要合樂歌唱的，而詞又是詩歌的一種，所以它必須合樂，否則，即無法歌唱。在詞的格律中，樂有樂譜，而樂譜中又音律有定位，節奏有緩急，聲調有抑揚，情趣有哀樂；因之，詞語的製作，是必須隨音樂之情節而相呼應——當音樂表現出悠揚低沉時，則詞語亦應以溫柔纏綿之情韻相應；當音樂表現出高亢急促時，則詞語亦應以慷慨激昂之豪壯聲相和。這就是詞創作的基本法則，也是詞作者一致奉之為圭臬的道理。

（二）要簡鍊

詞語，是以少數之字句，來概括繁雜的意象，和豐富的思想與感情的文體。詞調因受有音律的限制，所以詞語是不允許用長章大篇來描述的。是故，詞的創作，要運用高度密集和概括的藝術手法來濃縮。這種濃縮的手法，就是「簡鍊」，也是一般所謂的「藝術境界」；如李白的「西風殘照，漢家陵闕」、李清照的「知否，知否，應是綠肥紅瘦」、王介甫的「悲恨相續」等，這些都是用極簡單的語句，來表達出「心之所欲言」，這就是簡鍊的例句。

（三）要新穎

新穎的反面，就是陳腔濫調。一些詞句，用久則毫無生趣感，這大概是人們的一種喜新厭舊的習性所使然。所以，詞的語言，一般都主張創新；但亦不可為了追求新穎，而亂用生硬字或僻語。因此，在新詞的創作上，有三項基本要求：

1.義要鮮明

在表達一個意象時，必須字義鮮明，使人一見即知其義。形容事物，亦應恰如其份，切忌模稜兩可，或晦暗不明的字句。如吳文英的「繡幌金圍掛香玉」句，以「香玉」代帳鉤，無人能理解。又如王沂孫的「蛾眉下窺清鏡」句，以「蛾眉」代春水，總覺得語意晦澀不堪。

2.話要風趣

呆板的語氣，讀之有如嚼蠟，味道全無，很難引起共鳴作用；反之，詞語風趣，則活潑之氣，躍然紙上，讀之興趣盎然。如李清照的「被翻紅浪」、王嵎的「自家拍掌，唱得千山響」、孫光憲的「風浩浩，笛寥寥」等，這是多麼生動而又風趣的語句！

3.句要自然

詞的語言，除了要有韻律美外，還要有自然美。所謂「韻律美」，是指韻與律的和諧。所謂「自然美」，是指詞語中的秀麗與風采。如李清照的「莫道不消魂，簾捲西風，人比黃花瘦」、辛棄疾的「弦解語，恨難說」、陳亮的「都付與，鶯和燕」等，這些都是美極了的新語句。

4.意要圓轉

詞是各個意象的組合體。意象本身各具情趣，如何將這些個別情趣組合成整體，而又不損傷各自的情趣，這就要靠作者的藝術手法了。所謂「藝術手法」，就是要將各自的情趣，用優美的語言、簡鍊的字眼，和風趣的手法，全部圓轉地表達出來，並使其血脈流貫，語言和諧。如李清照的「新來瘦，非干病酒，不是悲秋」，真絕唱也。

（四）要秀美

詞中所用的語言，除了要有聲樂美外，還要有色彩美；因為這兩種美，在詞中是最富感染力的。大凡一個通過美化與美感的詞作品，一定會是千古名作；如溫庭筠的「星斗稀，鐘鼓歇，簾外曉風殘月」。這就是詞的藝術境界，也是詞的美化要求。一般來說，詞的美化方式，不外乎「詞面的美化」，與「意境的美感」二途了。今分別說明之。

1.詞面的美化

所謂「詞面」，就是詞的語言。前人多以形容詞來做美化的工具，如詠天象類：利用「斷雲、疏星、皓月」，詠地志：利用「岫峰、曲岸、煙渚」，詠感嘆：利用「幽思、閒愁」，詠居室：利用「曲檻、綺窗」，詠動物：利用「流鶯、涼蟬」，詠植物：利用「殘紅、芳草」等等，這些都是前人常用的例句。有了這些美化的字眼，不僅使得意境圓轉，而且使詞性益發自然，所以多成為千古佳作。

詞語切忌雕塑，一經雕塑則呆板無味。如竹山的「峰繪岫綺」，就較澀口；楊守齋的「蝶悽蟬慘」，就太濁化；吳文英的「繡幌金圍掛香玉」，就太過分做作。所以，詞語的形容，應嚴守分際，不可任意塗抹，而喪失美化之目的。

2.意境的美感

所謂「意境」，就是詞的情節。前人多以動詞來創造美感，如宋祁的「紅杏枝頭春意鬧」的「鬧」字、張先的「雲破月來花弄影」的「弄」字、史達祖的「空山掛雨」的「掛」字、姜白石的「小簾通月」的「通」字。這些個動詞，大有挑撥掀弄之勢，此不僅增強了詞語的特性，更突顯出意境的生動與活潑，使人們有一種賞心悅目的感受，這就是「美」的表現。所以，人稱「美感是意境的靈魂」，當信言之不我欺也。

四、造句

造句，是詞作的基本架構。一首詞的好壞，完全決定在造句的功力上。大凡一些流傳後世的名詞，其中必定有若干膾炙人口的名句在；如王安石的〈金陵懷古〉、岳飛的〈滿江紅〉、李後主的〈望江南〉（多少恨）、李清照的〈醉花陰〉，以及柳永的〈八聲甘州〉等，都是舉世公認的傑作，其中有關語言的清新、銳利，和意境的雄厚、高遠，至千餘年後的今天，猶叫人嘆為觀止，是皆造句之功，詞作者不可不察。

詞的造句法則，與一般修辭同，都須嚴守語法的規範；所不同的，詞畢竟是文學上的一種特殊體裁，它除了要遵守語法的規範外，還要接受音律和調式的造句要求。這是因為詞的語言，要以極少數的文字，來概括其中最繁雜的事物，和最繁富的思想與感情的緣故。

一般認為，詞的句法，首在「平妥精粹」。當然，一曲之中，若能句句高超巧妙，固屬上格；但人各根基不同，感受各別，自不能一體做高格要求；且詞作之目的，在怡情養性，沒必要要求人人做專業訴求，只要「拍搭襯副」得過去，自亦不失為怡養之作（見張炎《詞源》）。因乎此，本篇特將造句的方法，分作為原則、句式，以及表現手法三方面來加以研討：

（一）遣句的原則

詞，是以抒情為目的，所以詞的一切語言，莫不以「情」字為最高指導原則。但造句的方法很多，而用作造句的元材又至為繁雜，究應如何運用，方可達成詞作的要求，這是我們今天所要研討的主題。前人對造句的各種說法，雖然各具主張，但均不夠全面，而且多用譬況之說，使初學者不容易理解；今特以個人所學的心得，將之歸納為：發感、用語、寫意、造景等四個系列，來分別說明如下：

1.發語宜雅

所謂「發語」，是指賦予詞的思想、感情而言。雅即「秀雅」的簡稱，與「俗」相對。語辭能秀雅，似乎已給予人們一種溫馨而又親切的感覺，故前人曾一再提示：「詞語要雅致，方能吸引人們的注意，切忌沿用陳腔濫調，使人產生厭倦；亦不可因襲前人之佳句，而扭斷詞脈的流貫性。」由之可知，「詞貴一氣呵成」，不可因抄襲而扭曲詞意；但亦不可為求「雅」，而亂用生語或僻句。所發感情，既要高潔幽雅，又要詞義鮮明，方為上品。不然，任意隨緣抄錄，作詞又何難之有？

詞語的類型很多，有所謂：豪語、壯語、景語、艷語、麗語、雋語、嚴謹語、疏放語等等，品目繁多，不勝枚舉。其所以有如此眾多之品目者，皆因詞作者個人之風格不同，而由歷代詞評家，據之做分類之標準。如：蘇軾的性格豪放，故其詞多豪語；辛棄疾富愛國熱忱，故其詞多壯語；周邦彥最擅長寫景詠物，故其詞多景語；秦觀善理情韻，故其詞多麗語；柳永抑鬱不得志，長年寄遊於市井中，故其詞多淒涼語；李清照乃屬天才型的女詞人，故其詞多雋語；王安石為政治改革家，故其詞多嚴謹語；李煜為末代帝王詞人，故其詞多疏放語。像這種分類的說法，也還真夠無聊。嚴肅地說，詞語是個人思想與感情的表達，是意境中的語言，又何來這許多名目？再說，詞語之豪放或艷麗，僅不過是作者的「發感」之別而已。蘇詞世稱豪放，然在〈蝶戀花〉中的「小院黃昏人憶別，落花處處聞啼鴂」，又是什麼語呢？柳永在〈八聲甘州〉中，曾有「關河冷落，殘照當樓」，這也算是艷語嗎？一個有經驗的作家，往往能隨物賦形、因勢應變的，豈可視一詞的風格，而定為必然之走向？這種以偏概全之說，徒增初學者的迷思，對詞的文學價值，看不出有任何價值與意義。初學者真正需要提示的，是如何才能做到豪放與艷麗的境界等問題。今就個人在困學中的心得，特提出在遣辭上的要領數則，用資參考：

（1）**通俗而不流俗**——所謂「通俗」，就是要讓一般大眾都易理解。詞語要新穎，也要使人容易聽得懂其中的意義；但應盡可能避用市井流行的俚語，有傷詞意的幽雅。如李清照的〈如夢令〉：「無那，無那，好個淒涼的我。」這是一組婦孺皆能理解的詞語組合，不僅通俗，而且風格還特別幽雅多趣，真叫人有「一灑同情之淚」的感染力量。

（2）**生動而不生硬**——所謂「生動」，就是要有生氣，要活潑可愛。若用生動的詞語組成篇什，不僅詞意活躍在紙上，而且讀之興趣盎然；但不可為求生動，而以生硬之語句或僻辭來充數，而損傷詞的風格。如孫光憲的〈漁歌子〉：「泛流螢，明又滅，夜涼水冷冬灣闊；風浩浩，笛寥寥，萬頃金波澄澈（下片略）。」這是一組活生活現的景象，不僅詞面一片生動活潑得可愛，連讀起來也都興趣盎然，真是一首好詞。

（3）**秀美而不輕浮**——所謂「秀美」，就是一種清麗的氣質美。詞語愈清秀就愈可愛，這不僅是視覺的美感，而且還能激起聽覺的感受，因為詞語是隨同音律而起舞的；但不可以輕浮的字眼和心態來製作，有傷意境的高潔。如溫庭筠的〈更漏子〉:「星斗稀，鐘鼓歇，簾外曉風殘月；蘭露重，柳風斜，滿庭堆落花（下片略）。」這是一組思婦懷人的詞組，詞意充滿了思婦昨宵的無奈和今早心靈的空虛，但詞面上卻看不到有半句幽怨的申訴。這種以情寓景的表現手法，不僅秀美，真把視覺與聽覺的雙層感受都給收買了，真是一首神乎其技的佳作。

(4)**含蓄而不含糊**——所謂「含蓄」，就是一種半遮面的姿態。詞的本身，本就是一種含蓄的文體。前人之作，大都以人擬物，或以物擬人的手法來表現，其目的在間接抒發出「心之所欲言」而又不傷及對方的情感。所以，詞語力求含蓄，但詞意卻明確地盡情發洩，使人有一聽就知道其中的涵義，而且絕不含混至模稜兩可的局面。如李清照的〈鳳凰台上憶吹簫〉的「新來瘦，非干病酒，不是悲秋」句，是一組寫送別的離愁詞組，但作者卻不直接地說出，留給讀者去遐思。這當然任何人都會想得到是一種離愁。這就是作者手法的高明之處，真是別饒風趣。

以上四點，是個人的粗淺心得。當然，在遣辭用語上，應注意的事項還很多，那就只有請大家從實際創作中，去實地體味了。

2.用句宜奇

「奇」，就是獨特、與眾不同的意思。詞語之所以要用奇，是因為詞必須以極少數的文字，來概括世間繁雜的事與物，以及人的豐富思想與感情的緣故。在一首詞曲中，不僅調有定句，而且句有定字，字有定聲，這是詞曲的規律，是不容許有觸犯條規的。前人為了想克服這種句法的困難，所以多主張「用奇」。換言之，就是以最藝術的手法，來表達作者心之所欲言。

所謂「用奇」，是指透過作者的藝術思維活動，從中擷取所構成的藝術語言的意思。詞語，本是詞人因感而發的語言，是對事物形象的直覺反應；作者為了表達內心的感情，故而將之轉化為意象來加以描述。但詞語有規律上的各種限制，無法暢所欲言，由之「用奇」一辭，遂成為詞作者的唯一表現手法。一首流傳千秋的名句，往往就是詞中的奇語；如李清照的〈醉花陰〉：「莫道不消魂，簾捲西風，人比黃花瘦」、李白的〈憶秦娥〉：「西風殘照，漢家陵闕」等，這些都是千餘年來，猶為膾炙人口的奇句，它不僅使詞的語言「簡潔含蓄，生趣盎然」，還同時增強了詞作品的感染力，和耐人尋味的感受，這就是「用奇」的最好範例。

在前人的作品中，流傳的「用奇」手法有很多種——或以物擬人的，或以人擬物的，或以景寓情的，或以情托景，手法雖各有不同，但取「奇」之義則一，是皆用奇之術也；惜均屬作者個人之愛好，不足為詞曲的定格。故前人有言：「選詞不必有出處，用句不必拘來歷，言隨意志而發感，語盡心力而用奇，足矣！亦詞作者之本色也。」由之可知，創作無定法，只要謹守原則，隨象生感，因勢用奇，即可自成一家，不必拘拘於前人之法、之說而自困可也。今將前人的慣用手法，歸納為擬人、擬物、景語、情語四個類別，並分別舉例簡介，以資參考。

（1）**擬人**——所謂「擬人」，就是將事與物賦予人性化的一種比擬。事物當然不會人的語言，也不可能和人一樣有各種不同的思想，這完全是作者的構思假象，但在有些語言中，改以人來替代物說出，不僅會使人感覺到特別新奇、生動，而且還別饒風趣。所以，前人在眾多詠物的詞章中，有絕大多數都擬作人語來表述；如賀鑄的〈詠蓮〉、陸游的〈詠梅〉，以及王沂孫的〈詠蟬〉等，都是用擬人法，而創作詞的新意，真是別具一格。茲抄錄三人原作如下，用資參考。

- 賀鑄的〈踏莎行・詠蓮〉：
  楊柳回塘，鴛鴦別浦，綠萍漲斷蓮舟路；斷無蜂蝶慕幽香，紅衣脫盡芳心苦。　返照迎潮，行雲帶雨，依依似與騷人語；當年不肯嫁春風，無端卻被秋風誤。
- 陸游的〈卜算子・詠梅〉：
  驛外斷橋邊，寂寞開無主；已是黃昏獨自愁，更著風和雨。無意苦爭春，一任群芳妒；零落成泥碾作塵，只有香如故。
- 王沂孫的〈齊天樂・詠蟬〉：
  一襟餘恨宮魂斷，年年翠陰庭樹；乍咽涼柯，還移暗葉，重把離愁深訴。西風過雨，怪瑤佩流空，玉箏調柱，鏡暗妝殘，為誰嬌鬢尚如許（下片略）。

（2）**擬物**——所謂「擬物」，就是將人的思想及感情，全部透過虛擬並轉化為物的語言，藉以達到情景交融之目的。情語有時而窮，若適時以景語襯托之，不僅能增強詞的真情表現，同時還能給予讀者一種真切和親暱的感受。

一般都認為，物的形象，是比較真實而樸拙的，形之於語言上，往往較人語來得天真和忠厚的感覺。所以，前人填詞，常喜在詞意轉宕處襯以物語，使詞的意境，增加了趣味的藝術景觀。如：「馬上離愁三萬里，望昭陽宮殿孤鴻沒；弦解語，恨難說。」上詞是辛棄疾的〈賀新郎〉（賦琵琶）的詞句，詞面上雖說是因聞琵琶聲而賦感，但實際是暗指二帝蒙塵的事，借琵琶的哀怨聲，來傾訴心中的愛國情操，誠如該詞結尾所說：「彈到此，為嗚咽。」這是何等感人的物語，人語是絕無可能有如此感染力量的。

「卻傍金籠共鸚鵡，念粉郎言語。」這是柳永的〈甘草子〉中的詞句，描寫一個不眠的女子，獨自調弄鸚鵡，來說情郎的「私房語」，這不僅是婉曲得趣味百出，而且展現出姿態萬千，真叫人感受有畫圖難足之憾。

從以上兩則的詞語看來，一段好的物語，可以使全詞臻至妙境。無怪乎前人之詞作，偏多物語，原來如此。

（3）**景語**——景語，是一種雅趣的語言；依九品詞的說法，通常是在「名詞」的前後加一個形容詞，用以表達景象的假想意識和情感即成，如「風怒、雨泣、星稀、月寒」，或「殘紅、飛絮、芳草、斜陽」等等。此類語辭，一般都很清麗，而且還似乎挾帶著一種色香味。前人常把這類語辭，列為詞作中的必備語言。歷代善寫景語的作家很多，其中又以李清照、晏殊、張炎、史達祖、姜白石等較特出。今錄李清照〈如夢令〉詞於下，用資觀賞：

> 昨夜雨疏風驟，濃睡不消殘酒，試問捲簾人，卻道海棠依舊；知否！知否！應是綠肥紅瘦。

上詞世稱為景語中的極品，不僅簡潔得可愛，而且還透溢出一種清秀可餐的味道，真有令人著迷之感。

另如：

- 人面不知何處，綠波依舊東流。——晏殊〈清平樂〉
- 正沙淨草枯，水平天遠，寫不成書，只寄得相思一點。——張炎〈解連環・孤雁〉
- 紅樓歸晚，看盡柳昏花瞑。——史達祖〈雙雙燕・詠燕〉
- 波心蕩，冷月無聲。——姜白石〈揚州慢〉

當然，詞史上的名句很多，本篇不便一一羅列，相信讀者在看了本節後，心中已有一個初步認識。

總之，景語是詞語中最為秀美的語言，亦極適宜用於言情寫景之作。前人之所以對詠物、言情，或寫感之作，動輒以景語做概括之描述者，無他，乃因景語中有一種「麗而不嬌，秀而不媚」，既清高又平淡的德性在，也是與當時上層社會的心態相吻合的緣故。由之可知，景語在詞語中的文學價值了。

（4）**情語**——所謂「情語」，是指由作者透過思想和感情，所綜合構成的一種藝術性語言，而不是市井間男女相愛的卿卿我我、你儂我儂的愛情對話，這一點在認知上要特別弄清楚。詞中的情語，是不痴不嫿，不暴不戾，有意境，沒有形象，要清雅，不可狂妄，此即「情語」的境界。

前人的詞作，常見情語與景語相間使用，其目的在使詞語，達到一種情、景交融的藝術境界；原因是：情語有時而窮，且語意比較濃厚，不若景語的清淡含蓄。所以，前人主張「不宜多用，用多必俗」之說。但在有些詞語中，不用情語，則詞意無法激起。茲錄陸游〈臨江仙〉一詞，以茲比證：

> 鳩雨催成新綠，燕泥收盡殘紅，春光還與美人同；論心空眷眷，分袂卻匆匆。　　只道真情易寫，那知怨句難工，水流雲散各西東；半廊花院月，一帽柳橋風。

上詞是陸游入王炎之幕而作。全詞意象豐富，形象鮮明，情景相融，明快清鬆，這種相互映襯的手法，已充分表現出情語的力量，以及與景語交融的效果。另如：

- 春花秋月何時了，往事知多少。　　——李煜〈虞美人〉
- 明月幾時有？把酒問青天。　　——蘇軾〈水調歌頭〉
- 誰道閒情拋棄久？每到春來，惆悵還依舊。
  ——歐陽修〈蝶戀花〉
- 莫將愁緒比花飛，花有數，愁無數。——朱敦儒〈葉落〉

上列各詞句，是較自然而又別具風趣的情語。在這些情語中，讓我們體味出一種抒情的手法，那就是濃淡相間，疏密有致，一切從自然處著眼，於平凡中出奇，向輕快中求美，能領悟出此中道理，用情語則不難矣。

3.寫意宜壯

「壯」，即雄壯的簡稱。在詞的語言中，壯乃豪者之言，語意中不僅充滿了蓬勃的活力和生趣，而且還蘊藏著深沉的鬥志；這乃是文人力與美的表現，與豪的「跌蕩疏放」不同，亦與柔靡的「纏綿纖巧」有別；它具有十足的英雄氣概、烈士風情，和慷慨激昂的抱負；不做狂放不羈之言，但常有擊楫而歌的悲憤——此即所謂之「壯語」也。前人凡有感時、傷事、懷古、言志，甚或詠物、記遊之作，莫不以壯語大事剪裁之，無他，舒展抱負，以快胸懷而已。前人善用壯語者亦多，但以岳飛、辛稼軒，與蘇軾等為最。今抄錄辛棄疾的〈破陣子〉於後，做壯語實例之觀賞：

> 醉裡挑燈看劍，夢回吹角連營；八百里分麾下炙，五十弦翻塞外聲，沙場秋點兵。　馬作的盧飛快，弓如霹靂弦驚；了卻君王天下事，贏得生前身後名，可憐白髮生。

上詞是辛稼軒為陳同甫賦壯語以寄之作，是一種借題來抒發蘊藏在胸中的感情。從時代背景認知，他是南宋的主戰軍人，卻一直等不到舒展愛國壯志的機會，眼見二帝蒙辱，江山半壁之痛，能不悲憤填胸？所以，他假借壯士的各種作為，除了暫時舒展自己的內心世界外，更直接用爆破式的手法，宣洩他對朝廷的不滿，和對權臣的抗議。這的確是一首震撼人心的曲詞，也是為全國人民做出最悲壯的呼聲；其用意之壯，語氣之雄，今古堪稱絕唱。此固為英雄之本色，但又何嘗不是豪者肝膽照人的語言！

在詞的語言中，善用此類壯語者很多，今再摘錄部分名句，用資參考。

- 壯志饑餐胡虜肉，笑談渴飲匈奴血；待從頭收拾舊山河，朝天闕。——岳飛〈滿江紅〉
- 會挽雕弓如滿月，西北望，射天狼。——蘇軾〈江城子〉
- 耳畔風波搖蕩，身外功名飄忽；何路射旄頭，辜負男兒志，悵望故國愁。——張元幹〈水調歌頭〉
- 萬騎臨江貔虎噪，千艘列炬魚龍怒；捲長波，一鼓困曹瞞，今如許。——戴復古〈滿江紅〉

以上各詞句，有言志如岳飛，有感時如蘇軾，有悲歌如張元幹，有懷古如戴復古等，是該詞語之壯者。詞語用壯，除抒發個人之悲憤外，還能激起人們之共鳴；因之，壯語遂成為詞人假物寄情的手法，用以抒懷洩憤的最時髦的工具了。

當然，壯語並不是悲國憂民的專利語言；相較在詠物、抒情，以及記遊、用事等，亦大有發展之趨勢，如：

- 憶昔午橋橋上飲，座中多是豪英；長溝流月去無聲，杏花疏影裡，吹笛到天明。——陳與義〈臨江仙〉
- 倚天絕壁，直下江千尺；天際兩蛾凝黛，愁與恨，幾時極？——韓元吉〈霜天曉角〉

- 弓箭出榆塞，鉛槧上蓬山；得之渾不費力，失亦匹如閒；未必古人皆是，未必今人俱錯，世事沐猴冠。

——劉過〈水調歌頭〉

- 雲峰橫起，障吳關三面，真成尤物；倒捲回潮，目盡處，秋水黏天無壁。 ——葉夢得〈念奴嬌〉

以上這些詞句，陳與義是懷舊，韓元吉是記遊，劉過是抒情，葉夢得是詠景，俱是寫意的佳句。由之可知，詞意是詞語的靈魂，詞意壯，詞語自然亦壯。故在組合詞語前，必先將詞意加以凝煉和精選，而後以藝術技巧組合成詞語來表達，方可使詞意更上層樓。在創作時，應予切記，以免使詞中有言而無物之感。

4.造景宜麗

所謂「造景」，是指透過詞作者的藝術思維活動，所塑造出來的藝術景象。本來，景物本身就是一幅壯麗的形象，只因它必須接受自然界及時令、節序的限制，不能盡如人意；且詞人所需之景則不同，可任隨詞人的思想、感情，而賦予各種人性化，並使之藝術化。如姜白石在〈疏影〉中的「苔枝綴玉，有翠禽小小，枝上同宿」，就是經過詞人藝術化後的景象。他的題旨雖說是「詠梅」，然詞語中並未見有說「梅」的字眼，但人們一看就知道是在用梅的典故。這種的表現手法，比起一般所用的「遺貌取神」的手法，似又高出了許多。他不僅使梅花益發顯得典雅清秀之外，還籠罩了一層迷離的神祕色彩，真是絕佳的造景手法，無怪乎詞評家一致推薦為最傑出的傳神寫照。

在詞的意象中，造景是製作藝術境界最佳的手法。一個好的景象，不僅使詞意帶來了一股活潑生動的情趣，更能使詞曲增加了一些輕鬆愉快的氣氛和感受。從形象的本體言，雖然有各自不同的形象，但僅有形象是無法入詞，必須要透過詞作者的思維活動，將之變成景象，而後加以藝術組合成意象詞語，植之於詞片中，自然成為絕唱。世稱周美成為最擅長寫景者，今抄錄小令〈望江南〉一詞，用資觀賞：

> 遊妓散，獨自繞回堤；芳草懷煙迷水曲，密雲銜雨暗城西，九陌未沾泥。　　桃李下，春晚已成蹊；牆外見花尋路轉，柳陰行馬過鶯啼，無處不淒淒。

上詞是美成遊西湖之作。本章之所以引舉此詞者，完全是針對此詞中的一些「字眼」，很值得吾人模仿和學習，故本章在此不做造景與內容詮釋，僅就「字眼」來做研究，我想總不會反對吧！在上所列舉之詞於中，有：

「芳草懷煙迷水曲，密雲銜雨暗城西」的兩句詞語，曾被人譽之為神鬼之筆，其中尤以「懷、迷、銜、暗」四個字為「活字眼」。假若我們把上列四字不要，用另外四個字填入，你能做得到嗎？同他比比看孰優？這就是「一字值千金」的古話了；「造景宜麗」的說法亦在此。由之可知，造景不難，要想塑造出一個有聲有色的景象，那就要看個人筆下的功力了。

的確，周的麗語詞確有勝人之處，無怪詞評家一致稱譽。茲隨意再行擷取數組於後，用資參考：

- 新篁搖動翠葆，曲徑通幽窈。 ——〈隔浦蓮近拍〉
- 蛙聲鬧，驟雨鳴池沼。 ——同上
- 新綠小池塘，風簾動，碎影舞斜陽。 ——〈風流子〉
- 鳥雀呼晴，侵曉窺簷雨，葉上初陽乾宿雨；水面清圓，一一風荷舉。 ——〈蘇幕遮〉
- 浮雲護月，未放滿朱扉；鼠搖暗壁，螢度破窗，偷入書幃。 ——〈四園竹〉

當然，麗語詞除周外，也有前人擅長此技者。如：

- 星斗稀，鐘鼓歇，簾外曉鶯（或作「風」）殘月；蘭露重，柳風斜，滿庭堆落花。 ——溫庭筠〈更漏子〉
- 風乍起，吹皺一池春水。 ——馮延巳〈謁金門〉
- 細雨夢回雞塞遠，小樓吹徹玉笙寒。——李璟〈山花子〉
- 明月幾時有，把酒問青天；不知天上宮闕，今夕是何年？ ——蘇軾〈水調歌頭〉

以上這些麗語詞句，是塑造藝術境界的最佳組合。此中所謂之「麗語」，是指情與景的完全融合的清秀詞語而言，非泛指流俗所謂的「華麗或艷麗」的語辭；它是「平淡中的奇語，沉鬱中的警句，豪宕中的俏皮語，濃情中的清涼劑」，不在乎雅與俗，亦不計較高格與低調，只要用在恰到好處的地方，就是「麗語」。若經過分粉飾或雕琢，反易變成流俗的纏令。所以，麗語的創作，首在煉字，字煉得好，即使是最俗化的情語或景語，亦可變成麗語；反之，縱使堆金砌玉，還不是如同亂石一堆，又何麗之有？

（二）造詞的方法

詞的創作，除應遵守語法和修辭的規定外，還要遵守格律。在詞的語言中，不僅要求新穎、美化還要和平自然與圓轉。因詞中語是以少數字句，來概括繁雜而又豐富的意象，和思想、感情的，所以，在詞語的創作上，就必須接受詞的規範。一般習慣的作法，約有下列幾種例式：

1.文字組合

（1）文字伸縮法——為配合詞調的要求，有些語句，不得不做必要之伸或縮，以期配合詞句的要求，而達到「簡鍊」，或擴大其效果，或轉化其意象之目的。如前人的詩句，或專用名詞，或經傳典故等，中多有最佳之語句，若將之嵌入，又多與格調不合，勢必做必要之取捨；因之，發生了伸展與節縮的兩個類型，今做簡要說明如下：

A.文字節縮法

名詞——如韓愈的文章曰「韓文」，杜甫的詩曰「杜詩」，柳永的詞曰「柳詞」，司馬相如的賦曰「相如賦」。

代名詞——楚屈原的詞曰「楚辭」，元朝的歌曲曰「元曲」，南方的民謠曰「南腔」，北方各地的情歌曰「北調」。

形容詞——人生四大情緒是「悲、歡、離、合」，人生四大滋味是「苦、辣、甜、酸」。

B.文字伸展法

（a）相對義單字拼集成句法，如：

風、雨——雨疏風驟。

肥、瘦——綠肥紅瘦。

花、柳——寵柳嬌花。

鐘、鼓——暮鼓晨鐘。

（b）相關義的複詞拼集成句法，如：

山水、遠近——遠山近水。

香玉、嬌怨——玉嬌香怨。

花柳、明暗——柳暗花明。

煙雨、輕微——輕煙微雨。

（2）**詞義聯綴法**——為了追求詞語的新穎、生動，和美化，詞作家通常在詞語中，用意象來加重語氣；此種意象，必須用動詞或形容詞來加以渲染，方見功力。一組成功的連綴句，不僅別具風韻，而且還增強詞語的感染力。如：

A.單字聯綴

（a）以名詞與動詞的連綴，如：

名詞連動詞——風怒、雨泣、鳥啼、花笑。

動詞連名詞——衝冠、落淚、撫尊、擊楫。

（b）以名詞與形容詞的連綴，如：

名詞連形容詞——月明、星稀、柳蔭、花俏。

形容詞連名詞——曲檻、煙波、紅牆、深秋。

B.複詞聯綴

（a）以動詞相連，如：

做冷欺花、將煙困柳、憑春賣夜、問月賒晴。

（b）以形容詞相連，如：

江山如畫、日月若流、澄江似練、翠峰如簇。

（c）以副詞相連，如：

漫天煙雨、遍地黃沙、平林漠漠、芳草萋萋。

（d）以連繫詞相連，如：

霧迷津渡、煙鎖西湖、情憐春夢、雪壓枝頭。

（e）以數目字相連，如：

一竿煙雨、兩岸清風、三秋桂子、十里荷花。

2.句式組合

（1）**倒裝式**——倒裝，就是將一句已成文的片語，透過作者的藝術要求，做必要的顛倒裝置，使之成為新語來增加風趣。如：

- 綠水人家繞。（應是「綠水繞人家」）——蘇軾〈蝶戀花〉
- 須盡笙歌此夕歡。（應是「此夕笙歌須盡歡」）——馮延巳〈拋球樂〉
- 繫斜陽纜。（應是「斜陽繫纜」）——辛棄疾〈水龍吟〉
- 脈脈朱闌靜倚。（應是「朱闌脈脈靜倚」）——柳永〈訴衷情近〉

（2）**省略式**——所謂「省略」，就是將已通俗之成語或典故，將其中部分主語或賓語省去不用，或做概括式簡化，但仍能使人們一看就知道其中的原意；此種新成的片語，其目的就是在配合詞的格律要求。這種作法，在一般文藝作品也常見，但詞的要求比較嚴格，也較常用，今括錄前人作品數則如下，用資參考。

- 塞下秋來風景異。(「塞下」指西北地區而言)
  ——范仲淹〈漁家傲〉
- 浪花淘盡英雄。(「浪花」指水浪沖激)
  ——羅貫中《三國演義》
- 歸去老漁簑。(省一「作」字) ——無名氏〈水調歌頭〉
- 一帶江山如畫。(省去地區名) ——張昇〈離亭燕〉
- 彈指淚和聲。(指琴聲伴合著眼淚)
  ——蘇軾〈水調歌頭〉

(3) 引用式——引用，就是捋取前人的典故，或採擷他人的語句而言。一般的作法，分明引與暗引兩種；但在引用的方法上，又分為「略語取意」，及「語意並取」的兩種形態。茲分別並舉例說明如下：

A.略語取意

- 伊呂兩衰翁，歷遍窮通，一為釣叟一耕傭。
  ——王安石〈漁家傲〉

（此乃「明取」伊尹佐商、呂尚輔周典故。）

- 算公田二頃，誰如元亮？吳牛十角，未比龜蒙。
  ——元好問〈沁園春〉

（此乃「明取」陸龜蒙及陶淵明典故。）

• 夢隨風萬里，尋郎去處，又還被鶯呼起。

——蘇軾〈水龍吟〉

（此乃「暗取」唐金昌緒〈春怨〉詩意。）

• 一字無題處，落葉都愁。　　——張炎〈八聲甘州〉

（此乃「暗取」「紅葉題詩」典故。）

B.語意雙取

• 歸去來兮。——蘇軾〈水龍吟〉

（此乃「明取」陶潛〈歸去來辭〉。）

• 至今商女，時時猶唱，〈後庭〉遺曲。

——王安石〈桂枝香〉

（此乃「明取」杜牧〈夜泊秦淮〉詩意。）

• 杏花深處，那裡人家有？　　——宋祁〈錦纏道〉

（此乃「暗取」杜牧〈清明〉詩意。）

• 小憐初上琵琶。　　——王安國〈清平樂〉

（此乃「暗取」李賀的〈馮小憐〉詩意化出。）

（4）折繞式——所謂「折繞」，用俗語講，就是轉彎繞角，不直接把話說出來。這種曲折轉繞的語法，詞語中亦常見用，其目的是在隱藏胸中的塊壘。換句話說，就是話中有話，情外有情，讀者必須細心體味，方見真情。這種詞語的表現方式，各有不同——或以情語發感，或以景語洩憤，或以詼諧語句做戲謔，或以俏皮話來諷刺，不一而足；但絕大部分是在作者受到較嚴重的傷感後所發出的聲音；當然，也有因懷才不遇，壯志難展，憂國憂民的悲憤之言。總之，他們是在某種環境壓力下，無可奈何地，用隱藏式來唱出心中的苦悶來。今試舉一例詞如下：

> 卮酒向人時，和氣先傾倒；最要然然可可，萬事稱好。滑稽坐上，更對鴟夷笑；寒與熱，總隨人，甘國老。　少年使酒，出口人嫌拗；此個和合道理，近日方曉。學人言語，未會十分巧；看他們！得人憐，秦吉了。

上面是辛棄疾的〈千年調〉詞，其小序云：「蔗庵小閣名曰『卮言』，作此詞以嘲之。」可知這是遊戲之作。但以詞的立場說，這可是一首空前的創作。詞通常是以「抒情言志」為本色的，但此詞卻以諷刺為手段，來揭露並抨擊當時社會的醜惡現象，確夠辛辣滋味。

「卮言」一詞，語出《莊子》寓言：「卮言日出，和以天倪。」卮乃古時盛酒的器皿。據陸德明引王叔之譯文曰：「卮器滿即傾，空則仰，隨物而變，非執一守故者也。施之於言，而隨人從變，已無常主者也。」這就是「卮」的形象。辛借「卮」之形象，來比喻那些沒有信仰和主見的人，真是美絕！妙絕！但亦薄絕！！

當然，折繞式的形態，並非僅此而已。除了上述的戲謔式外，詞界中還有很多意想不到的手法，茲再轉錄辛的另外二詞，來共同欣賞。

其一：

> 杯，汝來前。老子今朝，點檢形骸，甚長年抱渴，咽如焦釜；於今喜睡，氣若奔雷？汝說劉伶，古今達者，醉後何妨死便埋。渾如此，嘆汝於知己，真少恩哉！

> 更憑歌舞為媒，算合作人間鴆毒猜。況怨無大小，生於所愛；物無美惡，過則為災。與汝成言：「勿留疾退，吾力猶能肆汝杯。」杯再拜，道：「麾之即去，招則須來。」

此乃辛棄疾的〈沁園春〉詞，他的小序曰：「將止酒，戒酒杯使勿近。」這真是一首滑稽的戒酒鬧劇。此詞在表面上是為戒酒而作，但骨子裡則是因「長年因政治失意，壯志難展」，而累積了滿腔的苦悶，在無可奈何之環境壓力下，只好把酒杯來擬人化，做代罪羔羊似地加以訓斥，以洩胸中之憤；如「吾力猶能肆汝杯」之句，就是十足官腔式的「警告」語辭，至於他在警告誰，那就讓讀者自己去猜了。

其二：

> 左手把青霓，右手挾明月，吾使豐隆前導，叫開閶闔；周遊上下，徑入寥天一；覽玄圃，萬斛泉，千丈石。
>
> 鈞天廣樂，燕我瑤之席，帝飲予觴甚樂，賜汝蒼璧；嶙峋突兀，正在一丘壑；余馬懷，僕夫悲，下恍惚。

上詞亦屬辛棄疾的一首〈千年調〉詞，他的小序云：「開山徑，得石壁，因名曰『蒼璧』，事出望外，意天之所賜耶？喜而賦。」這真是一幅「妙想天開」的童真幻象，具有十足的浪漫色彩；作者以天馬行空的手法，展現出一種放蕩不羈的浪漫本色，來創造神奇瑰麗的世界，藉以求得心靈上的慰藉和滿足，不由不令人同情他的「憂國憂民的愛國心」與「壯懷難展」的苦悶。

（5）用典故——「典故」一詞，是泛指國家的歷史事實而言；簡單地說，就是古人的故事。詞作為了表達某種特定的意義，往往以前人的有關事實，將之熔煉成詞語，藉以增強詞作品的表現力；這種作法，就叫做「用典故」。

當然，在詞作品中，典故是不可隨意亂用的，它有一定的使用要求和方法，今分別介紹於下：

A.使用要求

（a）「典故的語言要圓滑，用事要貼切主題。」如辛棄疾的〈永遇樂・京口北固亭懷古〉，雖然全篇都在用事，但仍儼如一氣呵成，不見有任何凝滯現象。

（b）「寫實與用典，要完全融合成一體。」如吳文英的〈八聲甘州・靈巖陪庾幕諸公遊〉，使全詞在自然發展中，充分表現出其靈活與生動的面貌。

（c）「用典要巧妙結合，借義要明確肯定。」如張元幹的〈賀新郎・寄李伯紀丞相〉，使所用典故完全詞語化，不著一點痕跡。

（d）「將典故完全渾化在詞的意境中。」如辛棄疾的〈賀新郎・別茂嘉十二弟〉，把千古英雄及美人的辭家去國的典故，完全渾化在他的愛國情操中，使所用之典故特別洋溢著新意。

B.使用方法

（a）引用法——即摘錄前人的辭彙入詞。如辛棄疾〈水龍吟〉中的「古今誰會行藏用舍」句，就是引用《論語・述而篇》的「用之則行，舍之則藏」而來。

（b）鑲嵌法——就是將前人的詞語中的一些不適用的字刪去，另嵌入他字，而使之另成詞語新意。如張元幹〈賀新郎〉中的「十年一夢揚州路」句，就是取杜牧的「十年一覺揚州夢」句，加以改易而成的新句，當然，原意也跟著改變了。

（c）融化法——是引伸前人的詞語，而滲以新意，其間雖有痕跡可尋，但已將原作融化成另一種畫面。如秦觀〈滿庭芳〉中的「斜陽外，寒鴉萬點，流水繞孤村」句，即是融化了隋煬帝的「寒鴉千萬點，流水繞孤村」的詩句而來。

（d）節縮法——即是將前人的文句或專用名詞，節縮成一個簡單的代號使用。如「杜詩」（杜甫的詩）、「楚辭」（楚屈原的辭）、「吳歌」（吳地的民歌）、「塞月」（邊塞的月亮）等等。

（e）擷取法——即是將前人的文句或典故中，擷取片段，來裝飾詞作的特定意義。如辛棄疾〈永遇樂〉中的「從今直上，休憶對床風雨」句，就是擷取韋應物的「寧知風雨夜，復此對床眠」的詩句而來。

（三）用詞的技巧

詞的語言，崇尚自然、圓轉，與美化，故前人常以技巧為之。詞是最富有聯想的文體，它是以抒情為主，所有生活的反映、景象的描述，以及思想、感情的表達，都需要用各種技巧來完成，這就叫做「藝術手法」。中國文字，尚有多義之稱；除其字之本義外，還有所謂的「引伸義」與「假借義」，一字數解，視為平常，甚至有多到十數義者。故外人學漢語，常引以為人生最苦事；無他，苦於學也。雖然，這也是我文化的特質和優點；它不僅表現出多彩多姿的文化面，更給予我們盡情表達與發揮的空間。由於字義的多樣化，也使得我們產生出無限的聯想活動。如：凡草木都是綠色的，我們就可以用「綠」來代表「草木」或「生態」；大多數花是紅色的，我們就可以用「紅」來代表「花」或「美麗」甚至「女人」等。諸如此類詞語，其代表性不僅使人容易懂得，而且還增加很多語言上的情趣，無怪乎前人動輒使用技巧。綜觀前人的常用技巧，約可分之為語言藝術與詞類活用兩大類，今分別介紹如後：

1.語言藝術

詞的語言，本來就有別於其他文學作品，因為它是要配合樂律來歌唱的；所以它在語言上，除了要遵守一般的語言規範外，還要講求語言上的藝術和情趣；這本是屬於遣辭、造句，和修辭手法的範圍，這也是詞作品的基礎藝術。因為，詩歌所用的語言，是以極少數的字句，來表達其繁雜的事物形象，和豐富的思想、感情，故在語言的運用上，自有其所獨有的特殊之藝術手法。換句話說，就是一般所講的使用技巧和手法。綜觀前人在作品中的藝術手法，約可分為下列幾種形式，今分別說明如後：

（1）**相互借代**——詞的用字遣句，一般均以本語為主；但本語有時而窮；為增加用句的活力，前人往往以聯想向外借代，藉以美化其詞面。如歐陽修的〈蝶戀花〉：「淚眼問花花不語，亂紅飛過鞦韆去」中的「紅」字，就是借代「花」字。又如秦觀的〈滿庭芳〉：「聊共飲離尊」中的「尊」字，來借代「酒」字。另如：以帆代船，以鞍代馬，以絲竹代音樂，以長條代柳枝，以及用秦樓、楚館代歌舞之處所等等，這些都是從聯想中而借代之詞語，讀者是不難理解其詞意的。換言之，凡借代之詞，必須為人之所共識，切忌自以為是如吳文英者，在「繡幌金圍掛香玉」中，以「香玉」代帳鉤的作法，使人無法理解，縱使修辭巧妙，也算不上好作品。

（2）**相互比喻**——所謂「比喻」，就是把跟甲相類似的乙，來做對甲的說明或描述。換言之，就是拿其他事物來打比，這樣可以更鮮明與具體。這種手法，通常可提高其可信度。依其表現的形式，可區分為明喻與隱喻兩種：

A.明喻——在甲、乙兩者之間，常以「像、似、如、若、猶」等詞做綰合的字眼。如：

- 蘇軾的〈永遇樂〉：「明月如霜，好風如水，清景無限。」
- 王安石的〈桂枝香〉：「千里澄江似練，翠峰如簇。」

B.隱喻——明喻，是兩者相類的關係；隱喻，則是兩者相合的關係。如：

- 辛棄疾的〈念奴嬌〉：「舊恨春江流不盡，新恨雲山千疊。」
- 柳永的〈傾杯〉：「水遙山遠，何計憑鱗翼。」

（3）**相互襯托**——所謂「襯托」，就是以反面的事或物，來映襯正面說法的一種技巧；它的作用，使補助所說的一面，情節格外鮮明，或做兩面相互印證。一般的作法，可分為反襯與對襯兩種，今示例如下：

A.反襯法——就是用相反的事物來相互映襯。如：

- 李清照的〈醉花陰〉：「莫道不消魂，簾捲西風，人比黃花瘦。」

• 晏殊的〈撼庭秋〉:「念蘭堂紅燭,心長焰短,向人垂淚。」

B.對襯法——就是用相關的事物來相互映襯。如:

• 朱敦儒的〈葉落〉:「莫將愁緒比飛花,花有數,愁無數。」

• 柳永的〈少年遊〉:長安古道馬遲遲,高柳亂蟬嘶。」

(4)**相互轉化**——引用前人的辭彙,也是用詞的一種技巧;但除了集句之外,不可照句直抄;最好的辦法,是將之轉化成己語。一般的作法,是以暗引為主,明引之作很少。今錄辛棄疾的〈水龍吟〉一詞,來做說明如下:

> 稼軒何必長貧,放泉簷外瓊珠瀉。樂天知命,古來誰會行藏用舍?人不堪憂,一瓢自樂,賢哉回也!料當年曾問:飯蔬飲水,何為是栖栖者?(下從略)

上舉例詞,在詞中所點出的語句,幾乎全是引用古人之說所轉化而成的。如詞中的:

- 「樂天知命」——是《易‧繫辭上篇》的「樂天知命故不憂」。
- 「行藏用舍」——是《論語‧述而篇》的「用之則行,舍之則藏」的反義法。
- 「人不堪憂,一瓢自樂」——是《論語‧雍也篇》的「一簞食,一瓢飲,人不堪其憂,回也不改其樂,賢哉回也」。
- 「飯蔬飲水」——是《論語‧述而篇》的「飯蔬食飲水,曲肱而枕之,樂亦在其中矣」。
- 「何為是棲棲者」——是《論語‧憲問篇》的「丘何為是栖栖者與?無乃為佞乎」。

（5）相互渲染——所謂「渲染」，就是刻意地突顯事物主題，來創造氣氛，烘托感情，使所寫之事，或所詠之物，更加突出鮮明，以增強藝術效果之謂也。一個好的渲染，往往能使枯委的景物重現生機，使不起眼的題旨，能成為多彩多姿的美畫；方薰在他的《山靜居畫論》中說：「渲染烘托，妙奪化工。」即此之謂也。

一般的渲染手語，均為興中帶比，意味深長，但點染之間，不得有他語間隔，如隔，則警句亦成死灰矣。如：

> 多情自古傷離別，更那堪冷落清秋節；今宵酒醒何處，楊柳岸，曉風殘月。
>
> ——柳永〈雨霖鈴〉

上詞就是以「今宵」二句，來做「多情」的渲染，此種以景物烘托感情的渲染法，將離情的淒清，突出到極點，也增加了無限的傷感。又如：

> 試問閒情都幾許，一川煙草，滿城風絮，梅子黃時雨。
>
> ——賀鑄〈青玉案〉

詞中上句點出了主題——閒愁，下接著以「煙草、風絮、梅子雨」三種景物做連續渲染。這種烘托掩映的手法，突顯出「閒愁」之多之雜，真有「力挺萬鈞」之勢，令人有不勝負荷的感受。

2.詞性活用

每個詞都有它自己的詞性，這是語法中的規律，原則上各據其性而定位。但詞是一種特殊的藝文體，為求其語言多元化、藝術化，一般有經驗的作家，常多變易其屬性而用，不僅不違背語法的規定，反而更增強語言的藝術效果，其中又以「動詞」與「形容詞」的運用，最具特色；前人所說的「詞眼」，就是指此而言。以下就讓我們來做專業性的研究：

（1）名詞活用法

A.名詞做動詞用

- 張元幹的〈賀新郎〉:「腰斬樓蘭三尺劍」中的「腰」字，本屬名詞，此移做動詞用。
- 張捷的〈霜天曉角〉:「人影窗紗」中的「影」字，亦以名詞做動詞用。

B.名詞做形容詞用

- 辛棄疾的〈賀新郎〉:「鳳尾龍香撥」中的「鳳」字，在這裡是用來形容琵琶的形狀的。
- 杜牧的〈泊秦淮〉:「商女不知亡國恨」中的「商」字，在這裡移作歌女的形容詞用。

C.名詞做副詞用

- 周邦彥的〈蘭陵王〉:「柳陰直，煙裡絲絲弄碧」中的「絲絲」二字，是由名詞複疊而成的副詞，「絲」本為名詞，重疊後做「弄」的狀語。

（2）動詞活用法

A.動詞做名詞用

- 李煜的〈望江南〉:「多少恨，昨夜夢魂中」中的「恨」字，本屬動詞，在這做名詞用。

• 杜牧的七絕詩〈遣懷〉:「十年一覺揚州夢」中的「夢」字，本為動詞，現做揚州的狀語，而變成名詞了。

B.動詞做形容詞用——此類詞句，一般用語中常見，但以詞語中最普遍。諸如：醉月、羞花、沉魚、落雁、飛絮、斷雲、流鶯、棲鴉等等。唯此類詞語之運用，應恰如份，不宜多用，用多則俗；用得好，可強化詞的美感，作者宜三思而後行。

C.動詞做副詞用

• 柳永的〈望海潮〉:「吟賞煙霞」中的「吟」字，本屬動詞，此處化作「賞」的狀語，移作副詞用。

• 史達祖的〈綺羅香〉:「做冷欺花，將煙困柳」中的「做」與「將」兩字，皆本為動詞，今統移作副詞用。

D.動詞直用——動詞在詞語中，前人譽之為「詞之眼」，可知前人對動詞重視之一般了。它作用特殊，可連貫上下，可創造意境，可彼此呼應，可突顯示現，可增加詞語活動力，可促成意境藝術化等等，這些都是「動詞」的功能，是歷代詞人皆三致其意的重點，稱之為「詞之眼」，其義在此。現在讓我們來看看它的作用吧。

• 姜白石的〈暗香〉:「千樹壓西湖寒碧」中的「壓」字。

• 張先的〈天仙子〉:「雲破月來花弄影」中的「弄」字。

按上列的「壓」與「弄」二字，皆為「連貫」上下事物的「字眼」。

• 宋祁的〈玉樓春〉:「紅杏枝頭春意鬧」中的「鬧」字。

• 張炎的〈真珠簾〉:「醉醒乾坤」中的「醉醒」二字。

按上列的「鬧」與「醉醒」等字，即為「造境」的「字眼」。

- 史達祖的〈綺羅香〉:「做冷欺花，將煙困柳」中的「欺」與「困」二字。
- 丁湖南的〈齊天樂〉:「問月賒晴，憑春賣夜」中的「賒」與「賣」二字。

按上列「欺、困」與「賒、賣」等字，即為上下前後呼應的「字眼」。

- 吳文英的〈永遇樂〉:「緩酒消更」中的「消」字。
- 史達祖的〈齊天樂〉:「畫裡移舟，詩邊就夢」中的「移」與「就」二字。

按上列「消」與「移、就」等字，即表示新奇的「字眼」。

以上各式，都是比較膾炙人口的出名運用。當然，動詞是否能展現出威力，那就要看作者的功力如何而定了——用得好，不僅可突出境界，而且還增加藝術魅力；用得不好，就如王之道的「月闖西南戶」中的「闖」字，給人的印象是，「既粗率，又生硬」的感覺，詞作者不可不慎。

（3）形容詞活用法

A.形容詞做名詞用

- 周邦彥的〈隔浦蓮近拍〉:「曲徑通深窈」中的「深窈」二字，本為形容詞，在此則成名詞用。
- 蘇軾的〈江城子・密州出獵〉:「左牽黃，右擎蒼」中的「黃、蒼」二字，本為形容詞，在此做代名詞用。

B.形容詞做動詞用

- 蘇軾的〈望江南〉:「風雨暗千家」中的「暗」字，本屬形容詞，在此做動詞用。

- 周邦彥的〈滿庭芳〉:「風老鶯雛，雨肥梅子」中的「肥」字，在此做動詞用。

C.形容詞做副詞用

- 范仲淹的〈蘇幕遮〉:「明月樓高休獨倚」中的「獨」字，在此做副詞用。
- 賀鑄的〈石州引〉:「憔悴一天涯」中的「憔悴」二字，本為形容詞，在此做副詞用。

D.形容詞直用

形容詞在詞的語言中，與動詞同等重要。一個好的形容詞，不僅可提高詞的藝術境界，還可增加意象中事物的情趣。詞意的渲染手法，就是以形容詞來做烘托的工具；如描述景物、創造氣氛、烘托感情、掩映題旨等，使得所寫之情景，更加鮮明、突出、生動、新穎，且有意味深長之感。但在使用形容詞時，應特別注意自然，不可遺留痕跡；尤切忌雕刻、因襲、粉飾、生硬等類的作法，有傷損形容詞的本質。

形容詞的運用法，前人似有一致的共識，那就是:「詠物宜濃，但在寄託處宜淡；詠風景宜麗，但在感嘆處宜樸。」今列舉常用的詞語組合各數組於後，用資參考。

(a) 複詞組合示例

- 天象：疏星、淡月、狂風、微雨、輕煙、斷雲等。
- 地理：小橋、曲岸、煙波、寒汀、遠峰、淺瀨等。
- 人事：幽夢、閒愁、孤守、獨眠、深思、長嘯等。
- 居里：豪門、繡戶、畫堂、綺窗、藻井、曲檻等。

- 蟲鳥：新雁、流鶯、倦蝶、涼蟬、夭梟、彩鳳等。
- 草木：殘紅、綠野、飛絮、垂楊、芳草、寒林等。

（b）片語組合示例

- 「綠肥紅瘦」　李清照（〈如夢令〉）
- 「寵柳嬌花」　李清照（〈壺中天〉）
- 「醉雲醒月」　吳文英（〈解蹀躞〉）
- 「沙淨草枯」　張　炎（〈解連環〉）
- 「翠陰香遠」　方千里（〈過秦樓〉）
- 「波心蕩，冷月無聲」　姜白石（〈揚州慢〉）

（4）副詞活用法

A.副詞做動詞用

- 賀鑄的〈搗練子〉:「寄到玉關應萬里」中的「應」字，本屬副詞，在此做動詞用。
- 張孝祥的〈念奴嬌〉:「萬象為賓客」中的「為」字，在此做動詞用。

B.副詞做形容詞用

- 辛棄疾的〈菩薩蠻〉:「中間多少行人淚」中的「多少」二字，本為副詞，在此做形容詞用。
- 蘇軾的〈西江月〉:「聽取蛙聲一片」中的「一片」二字，在此做形容詞用。

第三節　詞的表現手法

所謂「表現」，就是將自己的思想、感情，在詞的格律體制內，用藝術語言，充分而又具體地顯現出來的意思。詞是必須配合樂律的要求，否則，便無法歌唱；因之，前人為了達到目的，特創立了種種手法與技巧，來反映生活，描述景象，表達思想、感情的描述。綜觀前人在詞作中，所常用的手法與技巧，約有下列幾種，茲分別介紹於後：

一、白描手法

所謂「白描」，是指以平淡寫實的語言，做平直鋪敘，不假借任何方法，亦沒有錯縱複雜的情調，完全是以樸實無華的素材來抒情寫實，這種方法，就叫做「白描法」。如辛棄疾的〈清平樂〉詞，今抄錄原詞如下：

> 茅簷低小，溪上青青草，醉裡吳音相媚好，白髮誰家翁媼？　　大兒鋤豆溪東，中兒正織雞籠，最喜小兒無賴，溪頭臥剝蓮蓬。

上詞是辛氏描述農村生活的名詞，詞中具有一種「淡泊清新」的滋味，亦使詞充滿了一片詩情畫意，與濃厚的生活氣息。此詞雖被稱為「白描」之最佳創作，拈來似毫不費力，但在藝術境界裡，卻有著極高的評價和地位；無論是在詞的結構、構思，以及修辭、造句等，都是以農村司空見慣的平常性事物，來組合在一個畫面上，就顯得特別地清新優美與不容易了。

二、鋪敘手法

詞，是以抒情為主的，但也有鋪敘事實或景物的，這種手法，乃從柳永開始；原因是，柳永因懷才不為朝廷所用，以致失意而抑鬱無聊，遂流連於都市坊井間，尋求心靈上的慰藉與解脫；加以他精通音律，深受樂工及歌妓們的愛護和鼓舞，曾先後作出大批反映民間生活的詞品來，開創了以詞鋪敘事實與寫景的先例，使詞語跳出了士大夫的意識形態，廣泛地滲入了大量的民間生活情趣；再經由蘇軾及辛棄疾等的大力推廣，使詞的內容，成為一種「無事不可說」的藝文體，也由之擴大了詞的藝術境界。人言柳永為擅於鋪敘者，今抄錄他的〈甘草子〉小令一首，用資觀賞。

> 秋暮，亂灑衰荷，顆顆真珠雨；雨過月華生，冷徹鴛鴦浦。　　池上憑欄愁無侶，奈此個，單棲情緒，卻傍金籠共鸚鵡，念粉郎言語。

這是柳永的一首絕妙閨情詞；雖然僅是一首小令，但在鋪敘上，已足見其功力矣。

三、誇張手法

誇張，就是浪漫主義者的手段，以夢幻般的形式，來表達其豐富的想像，並以夢幻般的想像，來從事誇張式的浪漫理想色彩。人稱蘇軾的中秋〈水調歌頭〉為歷代中秋絕唱；他不僅有一股狂放的傲氣，而且還洋溢著豪邁的激情，確算是馳騁奔逸中的健者，茲抄錄其中秋詞如下：

> 明月幾時有，把酒問青天；不知天上宮闕，今夕是何年？我欲乘風歸去，又恐瓊樓玉宇，高處不勝寒；起舞弄清影，何似在人間。　轉朱閣，低綺戶，照無眠。不應有恨，何事長向別時圓；人有悲歡離合，月有陰晴圓缺，此事古難全。但願人長久，千里共嬋娟。

這首詞是蘇軾在歡飲達旦之後的大醉之作，他落想奇拔，蹊徑獨闢，極富浪漫色彩；這種由人間想像到天上，從理想寫到現實，手法是誇張的，想像是豐富的，真不愧為一代浪漫者的代表。

四、影射手法

所謂「影射」，就是俗語所講的「指桑罵槐」的意思。這種手法，是表面上所說的，與實際上所指的完全不同；在形式上，它與「寄託」和「象徵」相類似，都是以「寓意」為主，但在表現手法上不盡相同。「寄託」是將作者的思想、感情，寄託在某種抽象的事物上來表達，並著重比興與情景的描述；「象徵」是對具體事物賦予某種特定意義，著重在具體事物的刻畫和描述。至於「影射」的手法，大都著重在事後責任的歸咎；如辛棄疾的〈永遇樂‧京口北固亭懷古〉，就是一個很好的例子。如：

元嘉草草，封狼居胥，贏得倉皇北顧。

表面上是責備南朝宋文帝草率出兵打北魏，實際上是在責罵韓侂胄，妄想出兵伐金的事。又如劉克莊的〈沁園春‧夢孚若〉詞中的：

使李將軍，遇高皇帝，萬戶侯何足道哉。

這句話是暗中影射「方孚若」的生不逢時，空有拳拳君國之情，誠屬可悲可嘆。

五、交融手法

所謂「交融」，是指詞語中的情和景，互相融合寄寓，使得意境之中，景中有情、情中有景之謂也。詞貴在情景交融，有情，則詞語中有物，可增加詞意的感染力；有景，則詞語中有色，可增添詞意的生氣和情趣；故前人詞篇，多以情景相間，藉以增添詞作的韻味。

前人善用此手法者很多，其形式可分為：「以情托景」及「以景寓情」二種，今分別舉例說明之。

（一）以情托景

梳洗罷，獨倚望江樓；過盡千帆皆不是，斜暉脈脈水悠悠，腸斷白蘋洲。——溫庭筠〈望江南〉

這是一首閨怨詞，描寫思婦望人不歸的惆悵之情；前二句是抒情，後三句是寫景，以盼歸不得之情而寄寓江景中，極盡婉曲之致。另如：

語已多，情未了，回首猶重道，記得綠羅裙，處處憐芳草。

這是牛希濟〈生查子〉詞的下片，「芳草」是景，「憐」是情，此處已將芳草擬人化，是說凡見到綠色羅裙時，應記得憐惜芳草；這裡曲折地寄情於景的手法，真是宛轉蘊藉、情致纏綿了。

（二）以景寓情

新月曲如眉，未有團圞意；紅豆不堪看，滿眼相思淚。終日劈桃穰，人在心兒裡；兩朵隔牆花，早晚成連理。

——牛希濟〈生查子〉

這是一首仿南朝民歌體的情調，來發展「以物寓情」的手法；全篇共用了四種不同的景物，做申訴四種不同的感受，來反覆地詠嘆，點出了少女絕望的嘆息，和渺茫的期待；用語氣韻清麗，感情質樸無華，真是別饒風致。

另如：

蝴蝶兒，晚春時，阿嬌初著淡黃衣，倚窗學畫伊。還似花間見，雙雙對對飛。無端和淚濕燕脂，惹教雙翅垂。

——張泌〈蝴蝶兒〉

這是一首很特別的詞章，上片言少女見蝶傷情而畫蝶；下面又因由畫蝶而傷情思。其中經歷了一個由物到人、由人到畫，進而情生畫、畫生情的曲折變化，筆筆不離蝴蝶，卻處處勾勒出少女的情思，用筆清淡樸素，卻又細膩含蓄，真令人有耳目一新之感。

六、對比手法

所謂「對比」，是指今與昔來相對照而言；這種手法，大都是在事後而作的追賦體，把前日之美好或歡樂，與今日的淒涼情景，來做一番對照，並從而突顯出今日所遭遇的感受；唯此手法詞中並不多見，或因詞意太過鬱結傷情的緣故吧！今抄錄南唐後主李煜的〈破陣子〉一詞來做題例，藉資說明：

四十年來家國，三千里地山河；鳳閣龍樓連霄漢，玉樹瓊枝作煙蘿，幾曾識干戈？　一旦歸為臣虜，沈腰潘鬢消磨；最是倉惶辭廟日，教坊猶奏別離歌，揮淚對宮娥。

這是李後主北上後的追賦詞，上片極寫當年江南之豪華盛況，氣魄雄偉；下片則寫北上後，做人臣虜之淒涼景況，今昔比照，揭示出他綿綿不盡的哀愁，直叫人有一掬同情之淚的感受。

另如女詞人朱淑貞的〈生查子〉詞，亦屬佳作，茲抄錄其詞，用資參考：

去年元夜時，花市燈如晝；月上柳梢頭，人約黃昏後。

今年元夜時，月與燈依舊；不見去年人，淚濕春衫袖。

這是一首閨怨詞，上片寫去年的美好，下片寫不見去年人，而引發出無限的傷感。「去年人」一語，直接貫通了全詞的意境；用今年比去年，增強了詞人的愁緒，閨怨出之於女詞人之口，真可以說是處處入木三分。據傳，女詞人朱淑貞，對婚姻事不盡如意，用這種手法來創作，自然會突顯出女詞人的愁苦來。可見「對比」的手法，詞中極為少見，這大概是易使情緒過於鬱結，有傷感情與身體的緣故吧。

七、象徵手法

所謂「象徵」，是指對具體事物所賦予某種特定意義而言。換句話說，就是「託義於物，意在言外」之謂也。運用象徵手法，必須對象徵體，要有豐富的想像力和恰當的聯想思維；因為要對所託的事物，先加以深入地雕琢，和精闢地描述，才能突顯出所托的具體意義來。這種「托物言志」的手法，關鍵全在乎對景物的描述功力上，有所謂「景愈深，情愈切」，此即是一般所指的「意在言外」了。今舉陸游〈詠梅〉一詞為例，並說明如下：

驛外斷橋邊，寂寞開無主；已是黃昏獨自愁，更著風和雨。
無意苦爭春，一任群芳妒；零落成泥碾作塵，只有香如故。
——陸游〈卜算子·詠梅〉

這是一首詠梅詞。他表面上是在詠梅，但實際裡卻是以梅花自喻，並借梅以比喻自己的高尚品格與個性，不願與世俗同流。他的這首詞，完全是以環境、時光，和自然現象來加以烘托、渲染，使梅花在眾多不友善的環境下，依然能自主地表現其本性的神致，從而暗地裡突顯出作者的種種形象和意志，真是一首詠梅的傑作，其寄託的意義，也較易領會。又如王雱的〈秋波媚〉詞：「相思只在：丁香枝上，豆蔻梢頭。」這句「丁香枝上，豆蔻梢頭」的語句，就是「象徵」相思的人。前人有一句名言：凡「善於言情者，往往也是一個寫景的高手」，此言信之不欺也。

八、婉曲手法

所謂「婉曲」，就是委婉曲折的意思。運用委婉曲折的手法，來表達作者的感情和本意，使人感受到有一種餘韻嫋嫋、不絕如縷的情趣。如李清照在〈鳳凰台上憶吹簫〉詞中有：「新來瘦，非干病酒，不是悲秋」句，這就是正格的婉曲手法，不直接點出原因，卻又在「雪壓梅花，乍透春消息」的作法，使讀者馳騁於想像中，是為高著。今再抄錄晏殊的〈蝶戀花〉一詞，用資欣賞。

> 檻菊愁煙蘭泣露，羅幕輕寒，燕子雙飛去；明月不諳離恨苦，斜光到曉穿朱戶。　　昨夜西風凋碧樹，獨上高樓，望斷天涯路；欲寄彩箋兼尺素，山長水闊知何處？

上詞是晏殊的懷遠之作，詞中的表現手法，上片是在狹中取景，風格偏於柔婉，於深婉中見含蓄；下片則放大境界，純用白描手法，風格近於悲壯，在廣闊中有蘊涵；全詞貫串著意象虛涵這一總的特點，感情悲壯，氣象廣遠，語言也洗盡鉛華，不見有感情色彩，雖曰是懷人之作，只見是低徊宛轉，脈脈含情，但沒有半點纖柔頹靡的氣息，在婉約派詞中，真不愧是一首極富盛名的詞章。

九、渲染手法

「渲染」，就是先將計畫入詞的景物或環境，予以細緻地刻畫，或擴大地描述，來創造詞意的氣氛及烘托感情，使所寫之情，更能突顯出鮮明的意象，以增強詞的藝術效果之謂也。

前人對「渲染」一詞，也有叫做「點染」的；如劉熙載在《詞概》中，就稱之為：「詞有點、有染」，並指柳耆卿的〈雨霖鈴〉詞云：「多情自古傷離別，更那堪冷落清秋節」二句，就是點出了離別的時節；蟬連上二句的：「今宵酒醒何處，楊柳岸，曉風殘月」二句，即是以意來加以染；還說：「點染之間，不得有他語相隔，隔，則警句亦成死灰矣。」這種以景物來烘托，再以氣氛來掩映，致突出了離別時的淒清畫面，的確是最易引人感同身受。此屬渲染法之正格，故方薰在其《山靜居畫論》中說：「渲染烘托，妙奪化工。」信哉斯言。

「試問閒愁都幾許，一川煙草，滿城風絮，梅子黃時雨。」這是賀鑄〈清玉案〉詞中的語句。他的題旨是「遐思」，是說題旨不明，既非懷遠、傷別、弔古、旅遊、思春，或閨怨之詞，又無真實之主體形象與具體事蹟，無以名狀，只好以古人之所謂「遐思」作結了。根據前人的說法，可能他在退居蘇州時，看見了一位女郎，便生了傾慕之情；究竟這位女郎是誰，可能連他自己也不知道，這是一種「單相思」的病症；也可能是他在百無聊賴的心情下，「無以為歡，唯有春風相慰藉而已」（見黃寥園語）。

古人寫愁，常喜以山水景物來加以渲染，藉以擴大愁情的境界；如：

- 憂端如山來，澒洞（雲氣瀰漫狀）不可撰。（杜少陵語）
- 夕陽樓上山重疊，未抵閒愁一倍多。（趙嘏語）
- 請量東海水，看取淺深愁。（李頎語）
- 問君能有幾多愁，恰似一江春水向東流。（李煜語）

賀詞之所以成為名詞者，在他捨棄了前人的路徑，自創以「滿地的煙草，滿城的風絮，和滿天的梅雨」，來形容他的閒愁，真是獨樹一幟，別開生面，這種渲染手法，可說是曠絕古今，連「巧妙」二字都無法形容他的巧妙了。

十、錯綜手法

所謂「錯綜」，就是將詞語中常用的章法，視情節的需要，將之交互運用，使其相激相盪，而激發出新的意境、新的語言之謂也。前人所常用的詩詞章法，不外乎奇正、開闔、虛實、抑揚、工易，及寬緊等類的手法（見劉熙載《詞概》說），若將之錯綜變化，定必搖曳生姿；今錄辛棄疾的〈漢宮春・詠立春日〉一詞，來作為觀察其錯綜變化，以資說明之範例云：

> 春已歸來，看美人頭上，裊裊春幡；無端風雨，未肯收盡餘寒。年時燕子，料今宵，夢到西園；渾未辦，黃柑薦酒，更傳青韭堆盤。　　卻笑東風從此，便薰梅染柳，更沒些閒；閒時又來鏡裡，轉變朱顏。清愁不斷，問何人會解連環？生怕見，花開花落，朝來塞雁先還。

上詞是辛棄疾初歸南宋之作。在這首詞中，他是藉立春而發的感慨：「南來又一年了，復國的大業，依舊遙遙無期。」一種激昂奮發的情緒，在此詞中中真切地充分表達出來。誠如周濟在《四家詞選》中分析說：「『春幡』九字，情景已極不堪，燕子猶記年時好夢，黃柑、青韭，極寫宴安鴆毒。換頭又提黨禍，結用雁燕相激射，卻捎帶著民族和統治階層的矛盾舊恨，辛詞之怨，未有甚於此者。」這是周濟對辛詞的總結，也舉出了辛詞的錯綜面貌，和創作上的藝術特點，值得吾人參考。

總之，俗語說得好：「手法人人會變，各有巧妙不同。」上述的各種手法，僅是依前人的種種說法而加以彙整羅列之；當然，前人所用之手法絕不止此。所謂「手法」，就是各人的創作風格和技巧，詞學中並沒有一定的規格和範例，但追求的目的倒是共同的：「那就是如何而後，方可使詞作品，達到盡善盡美的境界。」上述各節的手法，僅不過是提供初學者的一種參考資料而已；巧妙事在人為，前人之說，僅助我開啟思維路線，有關創作的技巧，還是待自己多看、多讀，及多作中，去慢慢體味，和發掘技巧的奧妙了。

第四節　詞的風格

近人佘毅恆先生在《詞筌》中說：「詞作品的風格，是詞作的主題思想、結構、語言，和時代精神的統合體，也是詞作者的思想、個性，及藝術修養的表現。」從作家思想來說，由於各人的生活環境不同，因而產生出各自不同的個性與風格；如蘇軾與吳文英的詞作風格就不相同。從時代精神來講，唐五代與北宋詞的風格也不一樣。甚至一個作者的風格，還會產生出多樣多面的詞作來。如：蘇軾的風格，一般都認為是「豪放」的，但他在〈蝶戀花〉詞中，也有「小院黃昏人憶別，落花處處聞啼鴂」之句；柳永詞一般都稱之為「通俗柔婉」，但他在〈八聲甘州〉詞中，也有「漸霜風淒緊，關河冷落、殘照當樓」的雄放疏宕之句，以及〈雙聲子〉一類的「沉鬱蒼涼」之辭語。可知在談論作家的風格時，應以其作者的總體表現做鑑定，不可以一二首詞的風格走向做定論；因為，凡有經驗的作家，往往都能隨物賦形、因勢應導的。所以，在了解一個人的作品時，必須要先弄清楚他的時代背景，和作者的生活狀況，才能真正理解出他的風格來。

其實，詞論風格，本屬一件很無聊的舉措，兩宋時及以前，都沒有這種說法；雖有南朝梁時劉勰，在《文心雕龍》中，將文學作品的風格分為八大類，但那畢竟是對一般的文學作品而言，與詞的風格未盡吻合，故詞界多未採用。直至明時有張綖者，始將詞的風格，概括分為「豪放」與「婉約」兩大類（見張刻本《淮海集》）。但是，這種分類法，作為詞的流派言尚可；作為詞的風格言，就稍嫌廣泛。後至清初，有顧仲清者始云：「宋名詞最盛，體非一格，蘇、辛之雄放豪宕，秦、柳之嫵媚風流，判若分途，各極其妙；而姜白石、張叔夏輩以平淡秀潔，得詞之中正。」（高佑紀《迦陵詞全集・序》引）這已成為詞的風格分類之範例矣。本節特參酌余先生在《詞筌》中的分類法，並將之節縮成六大類，分別敘述如下：

一、豪放型

豪放型的風格，顧名思義，當然是一種狂放不羈的性格趨向，處處表現出理充氣壯、調響格高、浩氣縱橫、睥睨千里之勢。

（一）岳飛的〈滿江紅〉：

怒髮衝冠，憑欄處，蕭蕭雨歇；抬望眼，仰天長嘯，壯懷激烈。三十功名塵與土，八千里路雲和月，莫等閒白了少年頭，空悲切。　　靖康恥，猶未雪，臣子恨，何時滅？駕長車踏破賀蘭山缺；壯志飢餐胡虜肉，笑談渴飲匈奴血；待從頭，收拾舊山河，朝天闕。

（二）蘇軾的〈江城子・密州出獵〉：

老夫聊發少年狂，左牽黃，右擎蒼；錦帽貂裘，千騎捲平岡；為報傾城隨太守，親射虎，看孫郎。　　酒酣胸膽尚開張，鬢微霜，又何妨，持節雲中，何日遣馮唐？會挽雕弓如滿月，西北望，射天狼。

上述二詞，一是岳飛的〈滿江紅〉，這首激勵著中華民族千年來低沉而又雄壯的愛國歌聲，曾不知震撼了多少中華兒女的靈魂；另一首是蘇軾的〈江城子〉，雖然他寫的是狩獵的景況，但在詞的通篇，只見一個「狂」字，這種縱情放筆的豪邁氣概，又豈在震撼人心而已？是豪放之詞，貴在鼓舞，使之暢其情、盡其勢而後止，非狂夫叫囂之浮詞所可能比擬。

二、沉鬱型

所謂「沉鬱」，是指作者常因感時傷世，俯仰今古，而致情致鬱勃，豪情內充；這是一種觸景生情的託意之作，常常穿插著追念和寄慨來激盪人心，給予讀者的是，以強烈的感染力，做深刻的啟發，藉以表現詞中深邃的思想與感情。

（一）周邦彥的〈西河・金陵懷古〉：

佳麗地，南朝盛事誰記？山圍故國，繞清江、髻鬟對起；怒濤寂寞打孤城，風檣遙度天際。　　斷崖樹，猶倒倚，莫愁艇子曾繫；空餘舊跡，鬱蒼蒼，霧沉半壘。夜深月過女牆來，傷心東望淮水。　　酒旗戲鼓甚處市？想依稀，王謝鄰里；燕子不知何世，向尋常巷陌，人家相對，如說興亡斜陽裡。

（二）王沂孫的〈齊天樂・詠蟬〉：

一襟餘恨宮魂斷，年年翠陰庭樹；乍咽涼柯，還移暗葉，重把離愁深訴。西窗過雨，怪瑤佩流空，玉箏調柱；鏡暗妝殘，為誰嬌鬢尚如許。　　銅仙鉛淚似洗，嘆移盤去遠，難貯零露；病翼驚秋，枯形閱世，消得斜陽幾度？餘音更苦。甚獨抱清商，頓成淒楚？漫想薰風，柳絲千萬縷。

上述二詞，一是周邦彥的懷古之作，他藉著追念而抒發了個人的滄桑之感，寫悲壯情懷於空曠境界之中；另一首是王沂孫的〈詠蟬〉之作，他是託意於蟬而抒發其亡國之慟的傾訴，真是令人有「字字淒斷」之感。是沉鬱的詞作，首在悲而不傷，哀而能壯，用事處以意貫通，渾化無痕，方為上選。

三、清淡型

清淡，是指詞語清新而平淡的意思。詞的語言，因其所賦的題旨不同而有所抉擇，凡感時記遊之作，貴在立意新遠、風格清麗、語言簡潔、詞境雋永為準。如：

> 曉色雲開，春隨人意，驟雨才過還晴；古台芳榭，飛燕蹴紅英。舞困榆錢自落，鞦韆外、綠水橋平；東風裡，朱門映柳，低按小秦箏。　　多情！行樂處，珠鈿翠蓋，玉轡紅纓；漸酒空金榼，花困蓬瀛。豆蔻梢頭舊恨，十年夢，屈指堪驚。憑闌久，疏煙淡日，寂寞下蕪城。　　——秦觀〈滿庭芳〉

> 春歸何處？寂寞無行路；若有人知春去處，喚取歸來同住。　　春無蹤跡誰知，除非問取黃鸝；百囀無人能解，因風飛過薔薇。　　——黃庭堅〈清平樂〉

上述二詞，一為秦觀寫揚州行樂事，間流露出舊事不堪回首的感慨；全詞形象鮮明新穎，感情豐富，語言清麗，人情、物態，都寫得精緻細微，是一首清淡型的代表作。另一首為黃庭堅的惜春詞，這個主題，歷來寫的人很多，此詞之所以能夠傳誦至今，完全是他用曲筆的手法來加渲染，並賦予了春的人格化，使詞意從平淡中起跌宕，在清新中見高遠，這就是此詞的高妙處。

四、柔麗型

柔麗的風格，表現出辭藻豐富，柔軟纖巧，艷彩奪目，意氣纏綿；此型多用在閨情思婦之間，景語、情語常多間用，只可惜氣度不大，《花間集》中常見。如：

> 玉爐香，紅蠟淚，偏照畫堂秋思；眉翠薄，鬢雲殘，夜長衾枕寒。　　梧桐樹，三更雨，不道離情正苦；一葉葉，一聲聲，空階滴到明。　　　——溫庭筠〈更漏子〉

> 花姥來時，帶天香國艷，羞掩名姝。日長半嬌半困，宿酒微蘇；沉香亭北，比人間、風異煙殊；春恨重，盤雲墜髻，花翻吐瓊盂。　　洛苑舊移仙譜，向吳娃深館，曾奉君娛；猩唇露紅未洗，客鬢霜鋪。蘭詞沁壁，過西園，重栽雙壺；休漫道，花扶人醉，醉花卻要人扶。
>
> ——吳文英〈漢宮春・芍藥〉

上述二詞，一是溫庭筠借夜景來寫婦女懷人情事，極盡綺靡，詞寫離情，濃淡相間，柔極！麗極！真不愧為花間聖手。另一首乃吳文英詠芍藥之作，此詞語言華麗，辭藻豐富，表面上看似詠物，實際裡則是抒發感舊的追思，一片柔情如水，以半嬌半困作起，用花醉花扶作結，真是既幽怨又清虛，柔麗極矣，似有楚騷〈招魂〉遺志。

五、雋永型

雋永的風格，表現出落落自在、矯矯不群的風貌，意清句秀，言辭俐落，神態飄然，語多風趣，而又耐人尋味。如：

> 憶昔午橋橋上飲，座中多是豪英；長溝流月去無聲，杏花疏影裡，吹笛到天明。　　身雖在堪驚，閑登小閣眺新晴；古今多少事，漁唱起三更。
>
> ——陳與義〈臨江仙・夜登小閣記舊遊〉

> 夢中了了醉中醒。只淵明，是前生；走遍人間，依舊卻躬耕；昨夜東坡春雨足，烏鵲喜，報新晴。　　雪堂西畔暗泉鳴，北山傾，小溪橫；南望亭丘，孤秀聳曾城；都是斜川當日景，吾老矣，寄餘齡。
>
> ——蘇軾〈江城子・躬耕東坡〉

上述二詞，一是陳與義的憶洛中舊遊，這是他晚年追憶二十餘年前的往事；自南宋播遷後，國事滄桑，知交零落，不由時興感嘆，此詞用空靈之筆來抒發胸懷，造語奇麗，下筆雋永，語言疏快自然，不假飾琢，誠詞中之逸品也。另一則為蘇軾因罪謫貶黃州之作，在命運中，他是受政治迫害而來此躬耕，但是他以曠達的態度來接受目前的環境，與陶淵明神交，起筆甚為突兀；全詞似若信手拈來、漫不著意地輕描淡寫，給人有超世遺物之感。

六、詭曲型

詭曲的風格，表現出奇峰突出，變化閃爍，隱密而又曲折，不可捉摸，兼有豪放清奇的特點。如：

> 鬥酒彘肩，風雨渡江，豈不快哉！被香山居士，約林和靖，與坡仙老，駕勒吾回。坡謂西湖，正如西子，濃抹淡妝臨照台；二公者，皆掉頭不顧，只管傳杯。白言天竺去來，圖畫裡崢嶸樓閣開；愛縱橫二澗，東西水遶，兩峰南北，高下雲堆；逋曰不然，暗香浮動，不若孤山先訪梅；須晴去，訪稼軒未晚，且此徘徊。
>
> ——劉過〈沁園春·時承旨招，不赴〉

> 沒巴沒鼻，霎時間做出漫天漫地；不論高低並上下，平白都教一例。鼓動滕六，招邀巽二，直憑張威勢。識他不破，只今道是祥瑞。　　最是鵝鴨池邊，三更半夜，誤了先生濟。東郭先生都不管，關上門兒穩睡。一夜東風，三竿紅日，萬事隨流水；東皇笑道：「河山還是我的。」
>
> ——陳鬱〈念奴嬌·詠雪〉

上述二詞，俱係文情恢詭、妙趣橫生的好詞，一為劉過（字改之）推遲辛約之行期而作，這是一首大起大落、不拘常格、充滿豪情而又粗獷，和縱心玩世的作品，絕不是那些鏤紅雕翠的詞客所能企及的。另一首則為陳鬱的詠雪之作，也是一首別出心裁的玩世佳構；其間的語言，完全是一種遊戲三昧的心態，他的特點，可以用「疏放和清奇」來加以概括，寫來也極具性格和氣勢，真為詞壇中罕見的作品，真可說是詞界可一而不可再的絕作。

總之，詞作品有風格之說，是南宋敗亡以後的事；源自南宋南渡後，一般愛國的忠義之士，在「中興無望」的政治環境下，懷抱著滿腔的悲憤，全力寄託於詞，以求自我發洩，並相互激盪忠義之情操，由之詞作鼎盛，亦因之作品風格各具標識；後之好事者在詩酒之餘，乃據以作者個人之個性及其思想路線，做風格之分類與評判，並從中褒貶之，於是詞話之風起焉。

綜觀詞的所謂「風格」，完全是詞話作者，依其個人或少數人的主觀意識來鑑定，並非中正之言；當然，也少不了有他的一番大道理在，但絕非詞作者的精神面貌；不然，蘇軾的〈蝶戀花〉、李太白的〈憶秦娥〉、柳永的〈八聲甘州〉等之作，又將如何來歸屬呢？大凡有經驗的詞作家，往往能使個人的思想、感情而隨物賦形、因勢應變的，絕無可能將自己局限在一個框格內，而一成不變的；而後之詞話者，常自持「以己之心，來度前人之志」，其論則顯非所宜；且詞話常以前人作品中的片語或某段來做判釋，本身即含有「以偏概全」之譏，又烏能求其中肯？所以，論詞的風格，以做後學者的思想指導或可，用之做詞的定格論，實屬無知妄為。本章原擬不予採用其說，然鑑於今日之積久成習，不得不從前人的種種說法中，揀取若干較近情理者數則，用資參考，亦聊盡作者轉介之責也云耳。

第七章　詞學的歷史行程與發展概況

根據前人史話中的說法：「凡世間動物，能發聲必能歌，而且歌在言先；禽之善歌者鶯也，獸之善歌者狼也，人之善歌者原始民族也。」又云：「人生而能歌，性也，學而後方知言。」由之可知，歌唱是人與生俱來的本能。

我國最早的詩歌，當在氏族成立社會之初，只因上古無文字，所以無法知其概略；孔子刪詩書，亦當屬千百年後之事；傳說堯帝時，有老人擊壤而歌曰：「日出而作，日入而息，鑿井而飲，耕田而食，帝力於我何有哉？」這足以證明詩歌的成形，當在《詩三百》之外也；及孔子之所見，亦絕非僅屬周世之歌作者，堯舜禹湯之時代作品當亦在其間。《史記・孔子世家》：「古者詩三百餘篇，乃至孔子，去其重，取可施於禮義，上採契（帝嚳子，商族始祖）、后稷（周之始祖），中述殷、周之盛，至幽、厲之缺，始於衽席……」《墨子・公孟篇》也說：「或以不喪之間，誦詩三百，弦詩三百，歌詩三百，舞詩三百。」由之可知，古者教以詩樂，不僅可歌、可誦，而且還可弦、可舞；足證古之人，對詩歌重視與普及之一般了。

詞，本屬詩歌的一種，與《詩三百》同源，原本皆屬民間流行之產物，因為要歌唱，所以與音樂有著密切的關係。凡以管弦來配合歌唱的叫「樂歌」，獨自歌唱的叫「徒歌」，《詩三百》中所有的三百零五篇，都是經過孔子弦歌過，合乎韶，或雅頌之音的，所以《詩三百》都是詩歌；因之有所謂：「詞即曲之詞，曲即詞之曲。」「以文寫之則為詞，以聲度之則為曲。」自炎漢建國以後，凡以前可以歌唱的詩歌，官設樂令以收集整理之，是為樂府之始；凡不能歌唱的，如「楚詞」，則流為漢代的誦賦，故漢初樂府多沿用楚聲；其配樂的方式有二：一為因樂以製詞，一為製詞而入樂；內容有「齊言」與「雜言」之分，漢郊祀歌以齊言歌為主，短簫、鐃鈸以雜言為主。這是古代詩歌發展的概況。

第一節　詞的萌芽時代

到了兩晉南北朝，由於連年戰亂不已，致使漢魏所流傳的樂府毀滅殆盡，文人欲歌已無樂曲可配；此時民間的「吳聲歌」及「西曲歌」已普遍流行，不僅韻律和諧，而且風格閑婉，情趣纏綿，吸引了如陶弘景等一般學者，模仿吳聲及西曲歌曲，創作與民歌相似的長短句作品來，並以獨立而又完整的嶄新文藝體姿態，出現在中國文學史上，一時朝野上下，競尚新聲，由之而孕育了「詞」的雛形；並跟隨著文學藝術的軌道，而變化和發展，也因之造成了南北朝的詩歌，風格趨於柔婉清麗，語言趨於清新淺近，聲律格式放任自然發展，由而出現了大量的雜言詩歌；且在結構、句式、韻律，以及風格上均與漢魏民歌不同，極有近似「詞」的形式；後經證實，這種形式就是「詞」的源頭，也說明了此時的環境，正是「詞」萌芽的最好時機了；如「吳聲小令」，經收集樂府後，直接影響了文人對詩歌的創作路線，其中最大的特色，就是開始用韻。現錄當時最流行的民歌如《華山畿》、《讀曲歌》、《壽陽樂》中的「清商樂」各一首於後，以資欣賞：

- 《華山畿》
  隔津嘆，牽牛語織女，離淚溢河漢。
- 《讀曲歌》
  折楊柳，百鳥園林啼，道歡不離口。
- 《壽陽樂》
  籠窗取涼風，彈素琴，一嘆復一吟。

上述的前二首歌，都是第一句為三字句、後兩句均為五字句的格調，而且是首尾兩句押韻；但第三首《壽陽樂》一詞就完全不同，不僅句式變為「五，三，五」格式，而且首句不押韻，由後二句押同部韻，儼然屬另一調式了。

除了以上吳聲小令外，當時的北方民歌亦多雜言，如《雜歌謠》中的〈敕勒歌〉，現錄如下：

- 敕勒川，陰山下，天似穹廬，籠罩四野；天蒼蒼，野茫茫，風吹草低見牛羊。

上述的歌詞，不僅押韻，而且還在曲中轉韻，已實際上合乎詞的基本結構和體裁了。還有，當時的文人，如沈約、梁簡文帝、陶弘景、徐勉，以及陳後主等，模仿民歌所作的樂府詩歌，已造成了南朝的一片「新聲」氣象，亦由之使詞發出了新芽，並在那健康的環境中，日益茁壯了起來。

第二節 詞的成長時代

自隋統一了南北朝後，於大業年中，設立有「清商、西涼、龜茲、天竺、康國、疏勒、安國、高麗，及禮畢」等九部樂，更擴大了音樂活動範圍。隋煬帝的〈紀遼東〉一詞，不論是句式、平仄、韻位，以及分片等，與「詞」的規律，幾近相同。其間尤以隋宮之侯夫人的〈一點春〉，後世已確認即為詞的先聲，茲錄其原詞如下：

- 秉旄仗節定遼東，俘馘變夷風；清歌凱捷九都水，歸宴洛陽宮。　策功行賞不淹留，全軍藉智謀；詎似南宮複道上，先封雍齒侯。　——隋煬帝的〈紀遼東〉
- 砌雪消無日，捲簾時自顰；庭梅對我有憐意，先露枝頭一點春。　——侯夫人〈一點春〉

當然，隋代的詩歌絕不止此，經後人確認為隋代作品的，還有〈泛龍舟〉、〈鬥百草〉、〈穆護子〉、〈楊柳枝〉、〈十二時〉、〈安公子〉、〈水調歌〉、〈河傳〉等，可見隋代的齊言與雜言的詩歌，已在朝一定的方向分馳並進，造成了隋代曲子詞的漸興氣象。

到了唐代，國家疆土擴大，經濟繁榮，民生安定，引起了中外各民族競相文化交流，亦因之促進了社會文化生活——音樂的變革。在唐太宗朝，曾師承前隋之樂制，創設十部樂，並以燕樂為首，由之樂曲數量增多，形式亦現繁雜；尤其是在玄宗天寶年間，「始詔法曲與胡部樂合奏，自此樂奏全失古法，並以先王之樂為雅樂，前朝之樂為清樂，合胡部者為燕樂」（見沈括之《夢溪筆談・卷五・樂律一》）。因之，唐代的樂系，共有三個系統，即「雅樂、清樂（清商樂）及燕樂」；其對系統音樂的區隔標準，則分為：「雅樂以【黃鐘】定律，清樂亦以【黃鐘】定律，但以【仲呂】為變徵，燕樂則以【林鐘】定律。」其間因變徵的音位與清樂同，故隋、唐樂曲，均以燕樂為主，或泛稱唐十部樂為「燕樂」，或總稱唐之清樂與燕樂為「俗樂」者，是皆唐之新聲也。

由於此時俗樂的樂曲來源廣泛，一般曲詞作家，進行了大規模整理，綜計他們所用的方法有四：

- 變更曲度。
- 調整節拍。
- 全面翻新。
- 增補不足。

在調整的過程中，除清樂（清商樂）外，所有各地民間（包括外來）的樂曲，一律以燕樂樂律（【林鐘】）定律；因之，唐代所謂的「新聲」，是以雜言配樂的曲詞，取代了齊言詩配樂的地位，也豐富了俗樂的內容。到中唐為止，經崔令欽在《教坊記》中的著錄，至玄宗止，連同以前的曲調，共有三百二十四調，其中雜言曲子就占有二百七十八調，足見唐時曲調和樂曲的盛況。可惜！經安祿山之亂後，所能遺留給晚唐及兩宋的詞調，僅餘約八十幾調而已，真令人不勝惋惜和感嘆。

其實，中唐以前，雖曾因詞人模仿「吳聲及西曲」而從事大量創作新聲，但其所謂之「新聲」，僅不過是分割當時的五、七齊言詩句，雜以散聲作長短句而已，嚴格地說，只能算是詞的一種形式，還不能視之為真正的詞作品；直到李白的〈菩薩蠻〉及〈憶秦娥〉出現後，方正式地確立了詞的規模，亦由之統一了「詞是沿著雜言詩歌這條縱線發展的結果」的說法，並從此正式與唐詩和後來的元曲，並駕鼎立在中國文學史上。

到了晚唐，詩人劉禹錫、白居易等，大量創作民歌歌詞的成功，曾掀起了晚唐文人，競相走入詞的境界，以致詩運日漸衰落不振；這固然是晚唐文人喜新厭舊所使然，但又何嘗不是詩的內容，已逐漸脫離人民生活的結果？

第三節　詞的茁壯時代

詞在五代，因晚唐軍閥各自爭權的結果，又造成地方連年征戰的局面，社會經濟又一次遭受嚴重破壞；此時僅有西蜀及南唐兩地的社會尚稱平安，亦因之經濟稍具發展，遂成為全國之文化活動中心；晚唐的新興詞體文學，便在這些地區繼續發展起來，也曾展現出相當富麗的色彩。茲將這時期詞的發展概況，簡介如下：

一、花間詞派

花間詞派，也稱「西蜀詞派」；詞作者雖非盡屬西蜀人（其間包含有各地流亡的投靠詞人），但是他們的作品內容、形式，與風格，卻有其共同性，構成了花間詞派的整體風格；他們都是受溫庭筠影響最深的人，也都是推舉溫氏為花間詞派之祖的擁護者；他們的詞作特色，是主張「格律嚴整，形象鮮明」，內容以寫男女愛情為主，滿篇充斥著濃豔華貴的氣質，但均屬頹廢、悲觀，和低劣的情趣；一般的作品，甚至較溫的更頹靡不振，而且風骨完全蕩然，深為社會所不齒；後雖有若韋莊等輩奮起，並力圖改革，但終無力挽救花間派之命運，而遭社會淘汰；此或因當時的文人，眼見國家戰亂如此，既自恨無力挽救，又不甘心做流亡之民的情結下，來眷戀著一種「醉生夢死」的自我放逐思想，去尋求解脫吧。

二、南唐詞派

南唐的詞風，是以宮廷和貴族的享樂生活為基礎，而發展出來的；雖然詞作量不如西蜀多，但成就上則遠遠超過西蜀；南唐詞作的風格，是受了馮延巳的影響，主張「淡泊明朗，以清新秀美之筆，來表達含蓄之情，寓思想、感情於日常生活」中，因之形成了「南唐詞派」。王國維在其《人間詞話》中說：「馮中正詞，雖不失五代之風格，但堂廡特大，開北宋一代風氣。」足見其對北宋詞作的影響了。

南唐詞派最得力的推手，當推南唐李煜父子，詞作盡揮西蜀的華麗作風，繼承了馮的詞風，以清新之筆與白描的手法，來表達含蓄的思想、感情；其中尤以李煜的詞作，深具詞的藝術價值，不僅感染力特強，而且造詣極高，世稱為「足當太白詩篇，高奇無匹」，當非妄語。可惜，他的前期詞作盡屬宮廷生活面，而後期又皆亡國之音，內容均遠離群眾，與社會完全脫節，故不為民間所接受。

詞至五代，因獲有上層社會的喜愛和支持，使詞在發展上，不僅有了適宜的環境，而且也獲得了茁壯的機會，和不時增添了新的力量，如韋莊等的加入，也曾展現出不少的光和熱，但均因與社會現實面脫節（西蜀尚頹靡，南唐重清逸），尤花間詞派的風骨問題，更引發後人的非議，使詞在成長期中遭此不良的誤導，不禁令人感嘆。

第四節　詞的全盛時代

詞至北宋，由於國家再度統一，使社會經濟得有進一步的發展機會，因而民間的活動力增強，都市中不斷出現了屬於民間音樂團隊的「瓦肆與勾欄」，使民間所謂的「平話、傳踏、鼓子詞、唱賺、諸宮調、雜劇，以及其他說唱文藝」等，有如雨後春筍般，陪伴著宮廷式的大曲和法曲，都一起蓬勃地舞蹈了起來，呼唱之聲不絕。由於這些藝術活動，都需要新的唱詞來輔助，所以激發了詞人的創作高潮；除了整理少部分的齊言詩入詞外，餘均大量採用民間雜言詩歌，致又掀起了人民的熱忱擁抱，可見雜言語辭，畢竟是人民的語言。

詩到晚唐，業已氣運衰竭，由於受上層文人的操作，無法反映民間繁雜的生活面，而宋也一時無法改革，致使原有詩作者，為了響應時代趨勢，乃一窩蜂似地湧向詞界尋求發展，因而促使詞不得不全速前進。這是由於詞體遠較詩體自由、活潑地來表達思想、感情，及其人民的生活現實面的緣故。試觀兩宋詞壇，人才之多、創作之富，自文藝有史以來，未見有盛於此者。這固然是宋號召「以文治國」的政治力量在介入的結果，但何嘗不是受有高層人士愛好的鼓舞所使然？影響所及，朝野成風，儼如初生之駒，奔騰於遼荒的草原中，縱情馳騁，而不受任何扼束一樣，想不發展亦難矣。

詞在這段時間中，對其本身的形式、風格、手法，以及結構等的創新和改革，一時層出不窮，不僅是多彩多姿，而且還變化莫測；其所以形成的原因，主要是累積了前人的創作經驗，和文學進化的必然趨勢，但亦因結合了民間的力量，推動了詞的全面發展，這真是詞學的黃金時段，一股由帝王到平民百姓的活力，貫通了詞的全身血液，真令後人稱羨不已。

有關宋詞的發展，可分為北宋和南宋兩個時段來做討論。在北宋開國之初期，詞人多係五代之西蜀及南唐的降人，所以北宋的詞風，仍深受五代詞風的影響；但初期作品不多，詞人亦僅有如：徐倉圖、潘閬、寇準、葉清臣等約十數人而已。真正影響北宋詞壇的傑出人物，約有以下後起的諸位，今分別簡介如下：

一、晏殊

晏殊本是馮延巳詞風的追隨者，但是他盡去馮詞的亡國之音，力主閒雅疏淡，使婉麗詞風盛極一時；但仍然擺脫不了南唐詞派的傳統，在語言上雖較馮詞清雋，頗受時人愛戴，然依舊不見有一點民間的生活氣息，殊感遺憾。

二、范仲淹

范氏的詞作不多，但他已盡掃五代之遺風，力倡意境開闊，題材擴大，風格走向沉鬱型，語言清俊流快，內容廣納社會民情；因之，後人評為豪壯派之先行。後繼者有：張昇、歐陽修、張先，及晏幾道等，他們的詞風雖屬同流，但在表現手法上各有變化，其中尤以張先首創詞的鋪敘手法，開啟北宋各種手法之先例，對宋詞的影響頗大。

三、王安石

王安石本是政治改革家，他一面繼承了范仲淹的詞風，又一面另創雄奇磊落的氣象，雖然他的詞作不多，但已脫盡了五代頹靡的習氣，對蘇、辛的詞作影響很大。

四、柳永

北宋柳永，是轉變宋代詞風最大的一位作家了。他擅長創作長調慢詞，不僅掀起了北宋詞風的大變，和一掃晚唐五代詞人的雕琢習氣，並將詞的題材和內容，全力打入民間社會，由而激起了民間社會的一片歌聲，使詞的語言，完全通俗話、口語化，贏得了民間廣大人民的愛戴和擁護；人言：「凡有井水處，皆能歌柳詞。」足見他詞入民間的盛況。可惜的是，由於他仕途不得意，致使他詞作備受生活環境的局限，情趣亦偏向低級化，這可能成為他最大的缺憾。

五、蘇軾

第二個掀起北宋詞風變化的，繼柳永後，要算蘇東坡了。他是有多方面的成就，也很喜歡接近人民；他的詞風，受了王安石的影響，一洗前人綺羅香澤之態，瀟灑地登高望遠，昂首高歌，逸懷浩蕩之氣，震撼了天下人心，也贏得了豪壯詞風的代表。綜觀蘇之詞作，確具有情豪氣壯之感，他標榜詞的境界是：「無意不可入，無事不可言。」所以，他將詞的題材，做無限量的放大，而且都輸入了磅礴的浩然之氣，使詞建立了不可一世的風骨，也開創了南宋辛棄疾等的一派豪壯的風格。

六、周邦彥

周氏是又一個掀起了北宋詞大搬風的詞人。他在提舉北宋大晟樂府時，曾大力整頓曲詞，並重唱典雅之作，去市井氣，遵節度，守格律。由於周善知音律，在審定古音古調之餘，又復增演慢曲，以及引、近諸調式，或移宮換羽，為三犯、四犯之曲，故其詞曲遂繁。他對詞意尚嚴謹，語言尚典雅，由之贏得了文人評之為「得詞之中正」的雅名，但內容較蘇詞貧乏而軟弱，且少見有反映國事，和人民生活的現實面。雖然他也曾贏得了一般迂腐學士與婦女界的推崇，但終係無風無骨之作，而且又拋棄了人民的生活面，已為南宋詞播下了沒落的種子，這是他詞作主張的最大缺憾，也成為後人所最難原諒的錯誤與缺失了。

第五節　詞的沒落時代

詞，自南北朝而後，已日漸成為我國文學史上的一種嶄新的文藝體，算來也近二千年的歷史了。在這近二千年的發展行程中，有蓬勃生長的喜悅，有光芒四射的榮耀，當然也有頹靡沉鬱的聲音，和四顧茫然的悲嘆；到今日止，結果也同近體詩一樣，走向沒落的命運。回顧以前的風光歲月，不禁令人長嘆不已。這固然是一種文學的必然趨勢，但這些皆是前人的寶貴的遺產，曾與古樂府詩歌伴隨著中華文化，走過二千年，且為中華文化四大系統之一，何獨後之人，如此不善於經營祖業呢？

概括地說，自宋避金南渡後，詞已經出現了氣質衰落的徵兆了。這固然是因民族情感的矛盾所造成的現象，但又何嘗不是民間的愛國思想，與貴族的投降主義所鬥爭的結果？自宋室南渡初期，也曾有如李綱、岳飛等文人與鬥士，曾立下「直搗黃龍，與諸君痛飲」之志，怎奈朝廷求和之心堅切，使一般忠貞愛國之志士，落得進退失據，而且還備受各種政治壓力和迫害；在無可奈何之情形下，只有將滿腔悲憤，以慷慨激昂之聲，一起向詞裡噴發，也曾喚起了廣大人民的奮起；如李綱的〈喜遷鶯〉、岳飛的〈滿江紅〉等，都曾被時人視之為「血與淚的呼喚」，怎奈宋帝高宗趙構，一心想保持帝位，不願迎接欽、徽二帝歸來，於是乎一些熱血文人，如葉孟得、朱敦儒、魯仲逸、黃寥園，張孝祥，以及陸游等，帶著滿腔血淚，頹然走入山林，使南宋一代菁英，紛紛求去，致斷送了南宋的一代國運，殊屬可悲可嘆！！

的確，詞至辛棄疾，豪放詞始正式定型；辛確為一代之豪者，他有藝術的天才、英雄的豪氣、復國殺敵的雄志，但敵不過朝廷中一片求和苟安的心，終於抱著滿腔的熱血與壯志，以抑鬱的情懷，向詞中尋求發洩與解脫。同時段的陳亮、劉過，和稍後的劉克莊、劉辰翁等，受辛詞風的影響，致形成了宋末一代，聲勢浩大的愛國詞派，勉強支撐了南宋詞壇的門面，也維繫了與民間的部分關係，使得南宋詞界尚能維持了一段時間的正常發展，但已是迴光返照之兆，不復有初期生氣蓬勃之象了。

後姜白石（夔）起，又掀起了南宋詞的大變革；他力主高潔而又風雅的詞風，並大力矯正當時流行凌厲叫囂的習氣，改以曲折之手法，將一些江湖落拓的悲憤，和對山河殘破的傷感，盡納入幽寂淒清的意境中。他繼承了周邦彥詞的精神，但削去了周詞的軟弱和頹靡，而代以清剛的筆觸，重回格律派之懷抱，以含蓄蘊藉之筆，做高潔風雅之語言，也曾影響了如史達祖、吳文英等輩的創作路線。惜因他一生缺欠實際戰事的感受（他終生未仕，長年生活於遊寄之間，做他人席上之幕賓），故詞作中多空虛消沉之言，且時有不良傾向，致導引出詞的僵化和清談的習氣，更遠離了社會之現實，和群眾之生活面，也加速了南宋詞的腐化和沒落現象，誠屬可惜。

到了末宋時代，由於民族存亡危在旦夕，也及時出現了一些如劉克莊、劉辰翁及文天祥等，一掃史達祖、吳文英等靡靡之音的積習，大有喚醒國魂之勢。怎奈時不我予，以致徒遺憾恨。另外，還有一些以王沂孫、蔣捷、周密、張炎等為代表，繼承了史達祖、吳文英詞風，並誘導史、吳詞走向社會層面；立意雖佳，但為時已晚；其間雖然亦有民族志士等等之「誓不仕元」之壯舉，但已無助南宋亡國之命運矣。人言：「詞至南宋而始工。」這純粹是從文學的立場觀點而言。誠然，周邦彥對詞的諸種改革，如：「格律嚴謹，手法曲折，語法工巧，詞意婉約」等，對文人詞派來說，確有其不可磨滅之事實貢獻，不失為一代宗師之格，連名噪千古之女詞人李清照，都讚不絕口。這就無怪乎史、吳之輩，奉之若神明然了。然際此家國存亡之前夕，猶仍縱放頹靡之音縱橫於天下，要想南宋不亡亦難矣。文士派只顧一己之享受，而拋棄國家民族之生死存亡於不顧，其將何以言詞？故余常曰：「詞至南宋而始衰。」即此之謂也。

迨元入主中國後，文學上雖受漢族之影響，但在政治上以發展北曲為主；間或有遺民如蔡松年、元好問等人的詞作流傳，然已屬亡國之音，空餘一些民族豪氣而已。至明已不堪聞問，其間雖亦有劉基、高啟、楊基、王世楨，以及清初之陳之龍、屈大均、王夫之等的豪邁疏曠之氣，詞格或亦不減前人，然終屬沒落世家的貧瘠之語言，未見有一點民族意識和社會生氣；此固屬周詞之誤導所致，但又何嘗不是一般狂妄之士的自命不凡，而羞與民歌為伍，不願降低身份，而做雜言詞品的心態所驅使然呢！詞的發展環境若此，還能望有誰能圖謀中興大計？可惜！也曾縱横文藝壇上千餘年的一代詞藝，由於後學之不肖，至今只落個煙消雲散的下場，嗟夫！夫復何言！

第八章　詞學沒落原因的檢討

「詞」，自萌芽起，在我國文學史上，也算有近兩千年的歷史了。在這近兩千年的發展過程中，有蓬勃生長的喜悅，有光芒四射的榮耀，也有頹靡沉鬱的陣痛，和四顧茫然的悲嘆；到今日止，結局還是與詩賦走向同一個命運。回顧以前的風光歲月，不禁令人長嘆不已；這固然是文學史上之必然趨勢，但又何嘗不是後學之不肖所加以扼殺之故呢！綜觀詞學之沒落原因，可分為下列幾點來加以檢討：

第一節　詞與人民生活之關係

詞，本是民間歌謠的化身，也是古樂府詩歌的繼承者；她是沿著《詩三百》的原有路線，做垂直而發展出來的，在內容上，她是記錄著廣大群眾的生活氣息，凡民間之酬神賽會、婚喪喜慶，以及男女之相親相愛等，莫不以歌謠來表達其喜怒哀樂之情；甚至在茶餘飯後，或閒得無聊，或忙得不可開交的時候，亦情不自禁地哼上幾句歌詞，來舒展一下身心上的疲勞，是民，不可以無歌。

古《詩三百篇》，即是古民歌之專集，其間的詞作，幾全為民間人士的作品，他們除了「飢者歌其食，勞者歌其事」以外，亦有歌唱民族的發展史事，與諷刺統治者的暴虐與昏聵種種；當然，對民間男女的愛情故事，更是《詩三百》中的主要內容；如國風篇中的男女情愛之作，幾占了三分之二的篇章，足見民歌身具有不可忽視的社會意義與價值。歌之所以至今猶然膾炙人口者，除了出自他們之口的語言外，內容更是他親身的經歷或見過的各形各色的民間故事，當然會產生一種親切感；若再以敘事的手法來加以剪裁，配上俚俗之語言，借助一唱三嘆、回還往復的歌唱技巧，表現出情韻悠長的美感，和悅耳動聽的真實生活面來，任誰也無法阻擋其認同感；何況其中亦有語辭風雅、構思精緻、結構精巧、形象鮮明的佳作在。因之，古聖先賢，莫不視民歌為國計民生的象徵，都有著極其重要之價值和意義。

惜乎哉！自漢定儒家學說為一尊之後，一班自命為經學之徒，不僅曲解了孔聖刪《詩三百》之本意，而且動輒以禮教約束人民的思想和言行，說什麼「非禮勿視，非禮勿聽，非禮勿言，非禮勿動」等禮教信條，移來做社會的行為準則，大力規範文壇詩歌的創作與發展；結果，使詩歌呈現出一片沉寂的世界。反倒是漢樂府裡的民歌，產生出一片欣欣向榮的景象來，這倒是出乎經學家們的意料之外。

本來，民歌乃民間自然形成的產物，民歌的語言，即社會大眾之語言，民歌的內容，也就是廣大群眾的生活寫照；按理，聖賢治國，應以全民生活之趨向為國家施政之基本理念才對，奈之何經學者不以此為之圖，反而高唱「以禮制欲」之偏狹理念，來從事干預民歌之創作和發展，已屬不當之舉措；而經學家不自反省，而另組文人詞派，意圖取代民歌而行於廟堂。當然，或許亦有熱心人士，想借重文人之筆和技巧，來改良民歌之結構與內容，但結果呢？不僅民歌未被改良，反為一班不肖之經學者，製造了獻媚求榮之機會；如晚唐至南宋間的「花間詞」、「格律派」，以及一些形式主義者，莫不極盡艷麗之本事，做聲色之奉獻，使詞成為文人夢幻舞台的進階梯，與茶餘飯後的消遣工具，不僅內容空洞無物，而且遠離了社會大眾的生活真實面，以致使得光芒四射的詞壇，竟隨著南宋的亡國而趨於沒落，這就是文人介入民歌的結果。人言：詞「來自民間，死於廟堂」，信哉斯言。

第二節　詞與社會環境之關係

詞是古代流傳的一種文學樣式，它除了表現在古《詩三百篇》外，還直接與歷代樂府接軌而形成的。自南北朝的長短句發引後，即區分為民間詞與文人詞的兩個詞壇，並分別以雜言與雅言兩種體裁，分馳並進，各自發展的方式前進著，演化成中華文學史上又一個文藝系統。宋人王灼在其《碧雞漫志》中說：「蓋隋以來，今之所謂『曲子』者漸興，至唐始盛，今則繁聲淫奏，殆不可數。」這裡所指的「曲子」一詞，是專指隋唐間所流行的「燕樂」（西域音樂）而言；所謂「燕樂」，就是宴客時所用的音樂，這種曲子，是代表西北民族剛健風格的新音樂，和中國原有的「清商樂」性質不同，將這兩種不同性格的音樂，來配合不同格調的歌詞形式，就叫做「曲子詞」。唐自專門用來配合燕樂的，這就是「曲子詞」的由來，詞，就是「曲子詞」的簡稱。

「曲子詞」首先盛行於南朝民間，這是因為南北朝長年混戰，使得南北各民族大混合的結果；加以西北民族強悍的歌風，獲得了南方人民的喜愛，由而成為唐代的新聲，風行全國，這是唐代社會，之所以重視燕樂的原因。相傳自李白首創〈菩薩蠻〉、〈憶秦娥〉後，引起了人文社會的莫大興趣，也因之激發出文人有意識地模仿民間曲子詞，其間以劉禹錫、白居易等最具成效。詞自中唐開始，已逐漸將填詞風氣，由民間偶發的創作，轉移至文人的書案上，不僅造成了文人詞的發展，也改變文人社會的活動方式和內涵；演變到晚唐及五代，更進一步發展成為不肖文人與貴族生活的享樂工具；其中尤以「花間詞派」的一班無德無行、專門依附上層討生活的清客們，極盡艷麗頹靡之能事，用以服務貴族生活的聲色需求，將晚唐與五代的文人社會，弄得淫穢之聲載道，風骨蕩然；這不僅破壞了文人社會高潔風雅之傳統，也間接導引宋詞日漸走向沒落之路。綜觀詞的沒落原因，是由下列幾種的影響所造成，茲分別列舉並敘述如下：

一、貴族生活的腐化

詞至中唐，已逐漸淪為貴族生活享樂的工具。相傳唐玄宗時，曾詔令法曲與胡部樂合奏，用以增加宮廷宴饗之樂，此為詞正式走入宮廷之始；此時期詞的語言與風格，尚具有一定的民間氣息；但自此以後，已啟發了歷代帝王以詞作為宮廷冶遊工具，也鼓舞了一班無德無行之詞作者們，列為迎合權勢、進身仕階的籌碼；如晚唐文人溫庭筠等一派的無行人士，仿前朝齊梁宮體的模式，首倡艷麗詞語，去迎合當代權貴冶遊享樂的生活，強調情色內涵，卑視民歌風格，高唱風雅格調，迫使文人詞與民間生活面完全脫節，弄得晚唐詞壇與文人社會，流播著一片淫靡之音，終於使晚唐在頹靡之音中，弄到國破家亡之局面。

歷史轉進到五代後，文人詞又逐漸立社結派，先有西蜀前後主的大力推進，使各地流亡之徒，全部投靠門下，繼承溫氏之詞風，與晚唐宮廷行樂之舊習，大力從事華麗而又濃厚的情色之作，來資應宮廷的淫蕩宴饗；更鼓勵文人社會成立「花間詞派」，共同以淫蕩之音來粉飾太平，直弄得朝野淫聲載道，看不見一點文人的風骨，也嗅不出一絲絲憂國傷民的氣息。領導者若此，還望誰來重整家園？是西蜀之所以不戰自敗也。南唐的文人詞，也曾大力排斥西蜀花間詞派的淫穢之音，並力倡淡泊開朗、清秀含蓄之詞風，但因李氏父子的關係，詞依然建築在宮廷享樂生活的沙丘上，依然與社會大眾生活無關，其間尤以後主李煜的亡國之音「揮淚對宮娥」一語，引起了人民莫大的憤怒和感嘆。

詞至兩宋，確曾掀起了文人詞多彩多姿的燦爛局面。這是由於此時期的知音人才輩出，再加以唐詩日漸式微，而詞又風氣方盛，致一般文士轉而向詞藝發展；尤以柳永在科舉場中失意後，執意做布衣卿相，全力投入了民歌行列，不僅將文人詞帶向民間，力倡通俗化、口語化，並使詞意內涵完全生活化，與廣大群眾建立起臍帶關係。因之，文人詞又回到社會舞台，使社會歌聲四起，活化了民間生命力，使得「凡有井水處，都能歌柳詞」，亦由之鼓勵蘇軾、辛棄疾等以民眾做後盾，大膽地議論時政，均曾受到人民熱烈地之支持與擁戴，一時傳為佳話。然而，由於宮廷深受五代詞風的遺毒，使這些改革者，仍然無法喚醒兩宋宮廷行樂的美夢；終於，失去人民支持的宋室江山，就在無聲息的悲憤下敗亡。也因之，文人詞在一連串的異族統治後，亦日漸演化成「樹倒猢猻散」的局面。可憐一代的繁華錦夢，竟從此煙消雲散，能不令人投筆而長嘆耶？

本來，民間歌詞，是民意由自覺來監督政府行政的民間力量：國家有喜，民歌歌之以慶；國家有難，民歌歌之以殤；國政有偏誤，民歌歌之以諷；領導者無行，民歌歌之以謠。因民歌作者無求於權勢，故其歌者之言必正，是古聖之治天下，莫不以民歌之向背為理政之本，亦是《詩三百》之所以尊之為「經」也。文人詞則不然，作者先有需求仕進之急，繼有表達逢迎之意，對上當先取悅其心，對事盡其從人之所好；而居處上位者，又偏偏有「食色，性也」之天性，於是乎在上下各取其所需之情況下，遂造成了以頹靡之音而論政。綜觀天下歷代亡國之君主，莫不是在「歌猶未歇」的倉惶中，葬送了曾經統治過的江山和自己。由之可知，民歌是民間對領導者的一種鞭策，不是貴族與文士的享樂工具。所以，民歌只許流行於民間，不能挾帶入宮廷，只能譜入民間生活面，不可夾雜著淫穢之音，這就是「詞」的性格表現。

二、文人品格的墮落

「詞」，自李白首創定格後，曾引起不少文人，興起模仿民間歌詞的模式來創作新聲，其間以劉禹錫及白居易的詞作最多，形成了中唐時代的模仿風潮。本來，民間詞的內容本質，是以廣大社會的男女愛情為主，經一班無德無行的文人接手後，遂加強這方面的渲染，使民間歌詞原本純潔的男女之愛，一變而成為文人筆下的淫蕩之聲；其中尤以深具代表性的溫庭筠其人其事，曾引起後人多方面的爭議，雖說他對唐詞在定格上有一定的貢獻，和思想上尚稱純潔，但他畢竟是「花間詞」開創派的祖先，與語言頹靡、情趣低劣的始創者，硬將原本單純而又樸實忠厚的民間詞格，改變成華而不實、色彩豔麗的文人詞風，並將之帶入文人社會裡，讓一班不道德的流浪文人，刻意製造出淫聲載道的低劣情趣，以迎合上層社會飽暖思淫欲的胃口，而達到進身仕階之目的，使得晚唐之詞格，一切為冶遊宴饗行樂而服務的工具，亦促使文人詞與民間大眾生活完全脫節，以致晚唐的文人詞，完全背叛了儒家「以樂輔政，以禮制欲」之本意了。

詞至五代，南唐馮延巳等雖曾力拒西蜀「花間詞派」的遺毒，並以「淡泊開朗」之胸襟，做「清秀含蓄」之表達，在風格上，似有振聾發聵之勢；奈之何，終因李氏父子的愛好，而無法走出宮廷宴饗行樂的門欄而告結，也使得李氏的大好王朝，在「歌聲猶未歇」的悲愴淒涼下，喪失了江山和自己。

北宋統一中國後，因曾受國家「以文治國」的政策保護，使得炎宋一代對詞的發展，進入了黃金時段，一時影響所及，朝野成風，載歌載舞之盛，響徹中外；惜晏殊等朝中大老，仍沿襲南唐馮延巳之詞風，並自創婉約手法問世，雖也盛極一時，然終因與社會大眾生活氣息無關而無疾自終。其間還曾有范仲淹開「豪邁」之風、歐陽修創「疏淡」之韻、張先倡「勁峭雋永」之筆、王安石樹「雄奇磊落」之氣，然終因文人社會無法跳出五代之積習而中止，可見文人習於冶遊行樂之本性之不可易移也。

自仁宗之柳永崛起後，使北宋有了徹底的改革，宋詞至此，才算是真正走出了自我的路線，只可惜內容僅局限於個人周遭之際遇，未能為國家及人民服務，這也是他最大的缺憾。後至蘇軾，詞壇為之一振，他不僅盡掃前人綺羅香澤之態，更以登高望遠、昂首高歌之瀟灑逸氣，向詞壇博論古今；並以文學樣式，抒發個人及民間強烈的願望，也開啟了南宋一代「豪宕」的雄風；但因不為當代的高層與婉約詞派的呼應，以致流傳孤掌難鳴之憾。又，周邦彥繼起，他是以提舉大晟樂府之主管身份，來從事整理曲章與詞調等工作，對宋詞的發展，確有不可忽視的貢獻。他力主嚴守格律，語言崇尚典雅，又恢復了文人詞的正宗面貌，使詞的內容，又重回到文人的書案上，除了歌功頌德及宴饗行樂的吟詠外，不再見有反映時事及人民生活的詠嘆，使這種無風骨的頹靡之音，又再次囂擾廟堂，雖然也贏得了格律派人士一致的推崇外，但亦將宋詞推向了絕路，這就是宋室之所以南遷的因果。

自宋室南渡後，民族情感矛盾，人民為雪恥復國，曾發出全民族的聯合大怒吼，也先後激起了一班愛國志士激昂慷慨之聲，如李綱、岳飛、辛棄疾、張元幹、張孝祥，及文天祥等人的義舉和高呼，使南宋民歌與文人詞格，充滿了愛國思想與激昂情節；奈之何！宮廷當權派的苟安求和之心，強壓人民抗敵復國的呼喚，再加以五代遺風詞人，如姜白石、史達祖、吳文英，以及張炎等，以反對凌厲叫囂之風做號召，來迎合上意而求取偏安，活生生地封殺了廣大人民復國雪恥的志願；雖然他們在文學上或許也有其貢獻在，但畢竟他們扼殺了民族復興的大業，和人民愛國的表現，也助長了南宋高層人物沉醉於酒色行樂的迷夢；終於，南宋滅亡了，詞也跟著煙消雲散了，好一個創時代的文藝產物，竟落得如此淒涼的下場，不能不令人掩卷而仰天長嘆。之而後，明清間雖亦有少許者繼承，但多屬亡國之音，其格已不堪聞問矣。這就是文人的品格，所賜給國家民族的悲痛和後果；亦不能不令人懷疑，國家教育的真正目的和意義了。

三、民族動亂的影響

詞，本是用來歌頌民族的發展史事，來表達社會男女的愛情典故，來褒貶國家政治的良窳事蹟，以及用來歌訴人民生活的真實面目為本事的。她最早的名字叫做《詩三百》，這是經孔聖刪整後而定的名，她的作者，是周代或更前期的億萬先民，所因感而傾吐的山野心聲，雖然早期的先民心智未開，行為曲拙，但他們對日常生活中的喜怒哀樂，依然有著濃厚的需求與感受，所以才創作出億萬首的詩歌來，向高層統治者提出他們合理的傾訴，這就是民歌的起源，和來自民間的原因。

詞，自進入文人書案後，作品固然增多了，內容也算改良了，但也引出了「由量變演化成質變」的現象，不僅使詞的性質與內容，脫離了民間的生活面，而且還強迫地走出民間，進入廟堂，成為文人社會進身仕階的工具，和服務貴族宴饗行樂的祭品，這真是大膽地背叛了孔夫子刪整《詩三百》的本意了。刪詩的真正目的，是用來「以樂輔政，協和萬方」，期使統治者共修「聖治」之理念，轉而造福人民，使天下同樂；殊未料文人社會竟乖張若此，若孔子有知，當亦愧對老莊之學了。就因有這般無德無行之文化敗類，以艷麗情色等風趣詞語，來取悅上層的歡心，用以謀求個人仕進與利益，也由之培育出宮廷派統治者和貴族們的生活日趨腐化，並從而製造出國家政治的腐敗與混亂，到最後，跟隨著歷史軌跡，走向了改朝換代的命運。

（一）第一次民族大動亂（東漢末年到五胡亂華）

自西漢統一中國後，對前朝的文學作品，做了一次最佳的整理，尤以尊「儒學」為立國之本的作法，將國家之政治、倫理，及道德等，完全接受儒學思想之規範，並尊《詩三百》為國家經典，所有一切古文學以及上古所流行的「禮樂法度」，均以儒家之理念加以詮注，很受後世之推崇；其中尤以「文字形體」之改革、國家法治之創制，以及羅選經學專才、獎掖五經著作等，對儒學的發展，尤其有顯著的貢獻；由於後代的文風與武業的聲威遠播，贏得了外族以「漢人」做尊稱的美譽，為民族與人民增添了無限的光彩與榮耀。

可惜，由於宮廷生活的腐化，致使帝權日漸式微；先有黨錮之爭，繼出黃巾農民之亂，最後竟轉變成各地軍閥的大混戰，開啟了民族史上第一次的大震盪，以致造成了東漢帝國的敗亡，此皆宮廷生活腐化之必然結果。其間尤以西晉末的「五胡亂華」，竟演變成為外族人主宰分割中華民族為十六國者；這不僅開創了外族主宰中國之先例，也給予了民族第一次的大羞辱。

自東漢靈帝起，人民經歷了黃巾之亂及軍閥之混戰，也身受了兩晉的殘暴，更承接了南北朝之生離死別，直到隋統一中國止，前後共四百餘年的苦難，民族的元氣，幾乎散失殆盡；所幸我民族韌性特強，不僅未能阻止我民族文化的發展，相反地，令我民族獲得了外族人的滋養與調潤，使中華文化因而更上層樓；其間有關文化上值得提出的事項，約有下列幾點：

1. 吸收了外族文化的特點和優點，從而改變自己文化的體質，使文化繼續成長與壯大，並重新出發。
2. 充分展現出我民族的包容性和韌性。
3. 中外各族的文化，自交流之日起，一直在和諧共處，而且還相互學習，共同發展，達到了共存共榮之境界。
4. 使中華文化的胸襟更廣闊，視線更高遠，內容更充實、更開放。

以上各點，是民族在飽受劫難後的意外收穫，也可以說是一種「因禍而得福」的喜訊；雖然當時人民在苦難中掙扎了數百年，但也因外族的入侵關係，提高了我民族的自信和警覺，使之能吸收他族的所長，並從而改變自己，壯大自己，這就是俗語所說的「人生哲理」吧。

（二）第二次民族大動亂（晚唐五代十國）

自唐統一中國後，曾大力推動民生經濟發展；在唐初的百十年間，確實給予了人民「休養生息」的時間與空間，由於人民的安居樂業，使得國家的經濟，進入了高度繁榮的局面；又因接收了前代來自民間和邊境各民族的文藝特質與技巧等，構成了唐代跨時代和跨地域的文藝架構，使得初唐社會，呈現出一片「生動、活潑，而又朝氣蓬勃」的新生景象；也由之產生了空前的文化陣容，如李白、杜甫、劉禹錫、柳宗元、韓愈、白居易等大文豪的相繼出現，不僅強化了唐代詩體的定位，而成為文學史上的時代標竿外，還將民間詩歌的體裁，由造型而進入定位的境界，使得唐代成為歷史上的政治、文化，與經濟的發展楷模，不僅人才眾多，文藝作品豐富，而且是與外族文化交流最廣且最盛的時代。

自中唐玄宗以後，皇權已呈現日漸式微的跡象；由於宮廷內夜以繼日的遊樂行為，致激發了人民極度的不滿，因而造成了「安史之亂」，也摧毀了唐初百十年來之盛況；隨後而來的，有德宗的藩鎮之亂，憲、敬二帝的被弒，以及僖宗的黃巢之亂等，人民一再向朝廷示警，終無力喚醒宮廷行樂之迷夢；終於，國家敗亡了，這些個昏君，固然是罪有應得，然而人民何辜？又遭遇著另一次為期二百餘年（晚唐至五代十國）的大浩劫，是都皆「家天下」所造之禍也。

在晚唐至五代十國的這段時程裡，可以說是中國歷史上最黑暗的時代了：政治上由各地軍閥獨操生殺大權，文化上由一班無德文人散淫風於天下；上層社會終日以宴饗行樂為能事，不問國政；中層的文人社會，埋首於艷麗情色間，以求仕進。如西蜀之「花間詞派」，以晚唐人溫庭筠為始祖，加上前蜀主王衍的「醉妝詞」，組成了濃艷的情色詞風，使西蜀社會散布著一片淫蕩之風，直令人不堪入耳，而上層社會人士反據以為樂，致招引出廣大人民的唾棄。時至南唐，詞風雖較無艷麗之氣息，但依然建立在宮廷享樂的基礎上，尤以李後主的「揮淚對宮娥」之句，挑啟了人民永遠無法諒解的「亡國之音」。有君若此，其國焉能不敗亡？人民何辜？又一次因昏君之過，而承受了人世間「生離死別」之痛！悲夫！

（三）第三次民族大動亂（異族統治時代）

宋詞，不僅與唐詩、元曲，成三足鼎立之勢，而且在中國文藝史上，成為一個時代獨特的文藝標竿。根據近人唐圭璋在《全宋詞》中所登錄的詞作，共有一萬九千九百餘首（不包括殘篇與附篇），計作者共有一千三百三十一人，可見當時人才之多，及作品之豐富了。

宋詞之所以有如此發展，其原因有下列幾點：

1. 人民在經過二百餘年的痛苦生活後，獲得了一個安居樂業的環境，當然就要設法改善自己的生活，因之國家經濟，自然會有高度的發展。
2. 一種新文藝的發展，自有其必然的趨勢；詩至晚唐，元氣已散；後繼者又無力改革，不得不模仿民間詞來創制新聲。
3. 由於上層人物的愛好，影響所及，自然會朝野成風。

當北宋在建國之初期，詞人幾全為五代之降人，因之詞風仍是師承西蜀及南唐的風骨：「詞語艷麗，情趣低下」，因而不為當時人所接受。自晏殊而後，逐漸開啟了本土詞風，也培養出大量後起之秀，在詞作風格與技巧上，也有了各式各樣的變化；如柳永的通俗口語化、蘇軾的豪放逸氣、周邦彥的格律化等。雖然他們在風格上各有所長及所本，但他們對北宋詞藝的開墾與發展，都有著不可輕視的貢獻，也曾激起了北宋詞壇多彩多姿的局面，還直接影響了南宋以後各派的詞風。只可惜，大好一片的詞壇，除了蘇、辛二人的豪放詞風，與略具人民生活氣息外，大部分都進入了宮廷的宴席和文人的書桌上，繼續做宴饗行樂的工具；他們的詞語，或較清新而高潔，但仍屬文人間的風雅之作，與人民的社會生活無關。

自南宋高宗南渡後，帝王愛好的流風未泯，朝廷上下，均以能詞者為榮，繼續走北宋敗亡之路，以清歌妙舞來麻醉自己，捨棄黃河流域的廣大人民的生命財物於不顧，一心求和苟安，以延殘喘，迫使人民怒聲載道，憤而群起自衛；其間雖曾有李綱、岳飛、辛棄疾等愛國志士振臂高呼，奈當權派一意求和心切，不惜以威殺利誘，來壓制人民的抗敵行動，致造成南宋的滅亡，好一代南宋的詞風，也隨著朝代的結束而宣告壽終正寢了，全國無辜的人民，都被送進異族統治的鐵蹄下，接受了元朝近百年慘無人道的生活，亦使得中華民族第一次做亡國奴。

在人民經過這一次的總動員後，民心早已絕望，因之民族的元氣已大傷，不復當年豪宕之氣矣；所以，明代的覆亡，人民已不願勤王赴難者，無他，實南宋傷民之心與氣也甚矣，悲夫！

綜觀中華民族的興亡史實，總結有下列幾項結論：

1. 凡民族走向危亡之前，都是家天下的幾位末代之昏庸無道的帝王所造成的結果；如東漢、晚唐，及南宋與明末等之在位者，皆屬荒淫殘暴之君，足見「家天下」為民族之害者大矣。
2. 凡屬太平盛世，文人社會最易腐化；如常見「結黨營私，上干國政，下虐人民」等致造成社會不和諧，並從而製造動亂，而迫使國家逐漸走向滅亡。
3. 凡國家在敗亡之前，文人多以淫亂之聲來麻醉社會；而別具野心人士，多以挾民意而為非作惡，並進而爭權奪利，互相殘殺，直到國家覆亡為止。

4. 凡國家在建國之初，君主都很賢明，而朝中之文武也都很各自用命，國政亦都很注重人民的生活，故因之常見有開國之繁榮之盛況。但傳至中代以後，由於國家太平，生活富裕，致人心逐漸腐化；尤以高層人物及文人社會生活變成享樂化、優質化，所謂「飽暖思淫欲」的結果，帝權不是被權臣摻弄或奪走，就是君臣間互相殘殺，最後一同走向亡國之路。

以上種種，似已成為歷史上的必然軌跡，也似在直接反映了「家天下」與民族間的宿命論。這當然是夏禹父子所遺留給後代子孫的惡行，但又何嘗不是古之人的「天子乃天之授命者」的愚蠢迷信所造成的後果呢？可笑的是，堂堂一部五千餘年的民族發展史冊，竟成為少數幾個姓氏的家族發展史話；而億萬萬的人民，竟完全聽諸於幾個姓氏的子孫，玩弄於股掌之上，而又無怨無悔地度過了幾千年！今日思之，真不知該如何來自圓其說的好！

第九章　詞學習作與研討

以上各章中所說的種種，僅不過是「詞」的定義、源流、性質、規格，以及一些聲學知識，做了個概略式的報導與原則性的說明；當然，這是前人的口水，他們所說的雖然各具道理，但畢竟是他們個人的意見，不見得都適合我們借用；所以前說的一切，只提供我們做原則性的參考，不具有什麼約束力，現在我們從前面所得的概念中，來做實習的研討。

首先，我們應建立幾個基本的認識：

所謂「歌」，是由一組樂曲和詞語所合組的旋律，前人通稱之為「曲子詞」，今人則暱稱之為「流行歌」，是以樂音來規範詞的唱法的，人們所唱的是歌詞部分，樂曲則由音樂道具演奏的。由於樂律有高低、快慢，和強弱的各種樂性，詞合樂後，亦因之表現出人生中「喜、怒、哀、樂」的各種情趣來。前人把歌分作為「流樂歌」與「徒歌」二種形態：樂歌就是現代的流行歌，它必須由專家作曲及詞而後可；徒歌則是民間隨口而唱出的語句，因係民間私下活動，故不需要用旋律來做規範，如今之雞尾酒歌、校園歌、牧童歌等，完全由個人隨興而發，一般是不上舞台的。

所謂「詞」，就是歌之詞，也就是現今流行歌所唱的詞句；所不同的是，前人口中的「詞」，是比較風雅而又灑脫，且具有濃厚的文藝氣質，及文人社會中所習用的語言而已。現今是白話文時代，當然要改用白話文的口氣來寫，才能迎合時代的需要，這是時代文藝的差異，與詞的本質無關，僅不過增加了「古詞」與「今詞」的稱謂罷了。且今人亦多有以新詩體入詞者，其間的合樂性與娛樂性，並未因古文與白話的不同而有所差異在，僅不過在意識與口感上，畢竟古詞是比較嚴肅而含蓄，不似白話文那麼草率、直接，而又粗魯的言辭而已，這大概與詞作者的文學根基有關吧。

所謂「韻」，原則所指的是「字」的本身所含有的韻理與情趣的問題；按照前人的說法，字的四個聲調，都含有各自獨有的情趣。如：

平聲字多和暢。

上聲字多高亢。

去聲字多悠揚。

入聲字多急促。

這些都是聲韻專家所做的結論。就因為這樣，所以有人說：「中國自古就是一個韻文體的國家，什麼事都講韻調，連講話都得要用韻。」的確，或許你不相信，中國人的每一句話，都是用四聲相隔而組合成的？不相信吧！你試試看，能否用同一聲調的字來組成一句話？這就是我們文化的特色，我們生長在這種環境中，自然對「韻」有一種特別的情感，凡沒有「韻」味道的東西，我們總會覺得有點怪怪；歌詞當然也不能例外，雖然今天也覺得白話文入詞還不錯，但還是感覺到似乎缺欠了什麼而有點不對口味。就因為有這層關係，所以前人對韻的要求特別重視，不僅在用語上，力求字字珠玉，而且在詞的發端、結尾，以及過片等節骨眼上，都全力追求「韻」的氣度和力量，來表達語氣的和諧，與音色鏗鏘的藝術目的。因之，詞作的技巧，才被演化成如此繁雜的寫作局面。當然，這是前人的求好心切，但並非「詞」的本來面目，也沒有必要做硬性的要求。我們若力能及之，固然是好；若個人真力有不逮之處，也不必傷感自己為非格之才。茲將詞作的幾個基本概念與寫作方法，再做簡要式的說明如下：

第一節　詞作的基本概念

在學習詞作之前，先必須對下列各項，求取個基本概念，那就是我所獨創的——詞作三問法：「寫什麼？如何寫？目標是什麼？」你可別以為這樣很簡單，它可是包含了前人所說的千千萬萬條的技巧與方法，若把它點點滴滴地全部寫出來，管叫你昏迷三五天還不敢醒來。其實，你我都被古人愚弄了，詞作並非如他們所講的那麼幽深和繁雜。說句很失禮的話：那是他們自我推銷的一套手法！這不是說他們所講的不對，而是太過分誇大其辭了。試想，假若真能夠創作出如他們所說的那種作品來，那豈不成了「聖品」了？再說，既然他們會說，為什麼看不到他們的作品，被後人尊稱為「天下聖品」呢？

嚴肅地說，詞的本來面目，就是民間歌謠的化身，也就是現今流行歌曲的面貌；在還沒進入文人社會前，她們是純潔的、樸素的。《詩經》三百篇，大都是當時民間所流行的歌謠，不僅被後人尊之為經典，而且還跟隨歷史與文化走過五千年，試問有哪一首是遵照他們所說的方法和技巧來完成的？說實在一點，他們的那一套理論和技法，只不過是用來抬高自己的身價而已，實際上對詞學，談不上有什麼幫助。因之，我主張「詞作概念」之說，只要懂得了詞作上的各種基本概念，保證你就會作詞了。

一、音律的概念

所謂「音律」，是指音階的高低、強弱，和節拍的緩急而言，它是詞的一種基本架構，是專用來規範詞的唱腔的，所以詞不能脫離音律。沒有音律的歌是民謠（徒歌），沒有詞的曲子是音樂，詞是人用口唱的，音樂是用樂器來演奏的，雖然二者發音管道不同，但必須做緊密之結合，方能製造出「喜、怒、哀、樂」的各種情趣來。所以，詞的每一句話，甚至每一個字，都必須依音律的音階和節拍來選字煉句。因為歌詞是要為大眾的娛樂而服務的，為了表達其娛樂的性質，故必須把音律的樂性，與文字的樂性緊密地融合，才能展現出娛樂的特性來。

當然，音樂是一種專業知識，不是一般人都能了解的事；但我們不一定要自己作曲，自然也就不需要有音樂上的全部知識，只要分辨得出音階的高低，和節拍的緩急，那也就夠用了。換句話說，只要能唱出歌的曲譜來就可以了，其他的事，就交由作曲家們去處理好了，又何用事事去求知？所以，我特別將曲律的特性，綜合成八句話，來代表整個音律的概念：

音調愈振起，樂性愈豪壯；音調愈低沉，樂性愈哀傷。

音符愈密集，樂性愈輕快；音符愈疏隔，樂性愈纏綿。

這就是我對樂律一般的理解，也是我在常讀曲譜中所得的心得。是否真的如此，各位不妨實際地去體驗。

二、四聲的概念

詞所使用的四聲與一般市售字書上的四聲，略有不同：字書的四聲，是「平分上下，入派三聲」；而詞的四聲，仍然採用古老的「平、上、去、入」四個音，且平不分上下，而入仍然獨立門戶，不做分派寄籍，這就是詞的韻法。因為詞畢竟是古人所創造出來的東西，所以無法與現今的韻法接軌。

古人論詞，常做「平仄」二分法，除了平聲不變外，以仄聲來統領「上、去、入」三聲；我認為不妥。本書除了另立專章作為檢討外，本章亦不採用其說，而改以四聲韻律說例，以求統一。

字之所以有四聲說者，是源於聲韻學家在追尋與探討人類發音之學說而擬定的。由於其發音之部位及經過之不同，致產生出各種音色，經聲韻學家據以歸納分類後而制定成四種聲調，並分別加以詮釋如下：

- 平聲和順而通暢——音多清亮而悠揚，似表現出一種柔媚而又婉約的情趣。

- 上聲嚴厲而高亢——音多強健又剛烈，似表現出一種矯健而又峭拔的情趣。
- 去聲悠揚而清遠——音多幽怨而沉鬱，似表現出一種宏闊而又悲壯的情趣。
- 入聲峭勁而重濁——音多粗獷而急促，似表現出一種淒涼而又失落的情趣。

概括地說，平聲較和諧，上、去、入三聲多拗怒；陽聲多沉頓，陰聲較激昂。就因為四聲各有樂性，所以才使得詞表現出有感有懷、有風有韻、有喜有怒、有愛有恨的各種人世間的情趣來。

至於四聲的應用，本書曾在第五章之第三節中，曾做了較詳細的介紹，在此不再贅言。總而言之，在語言學中的每一句話，莫不是用四聲相互間隔而組成的，絕沒有用同一聲調的字來組成句子的，不信你去找找看。這也就說明了：「凡語意通順，音調爽口，自然就合乎音律的特性了。」根本用不著瞎擔心。

至於四聲字的判別，現代年輕人在幼稚園時，就差不多學會了；即使年長一輩沒有學過，去翻一下市售字典即可解決。只要你習慣從口中來辨別「字」的聲調，你將就會「出口便成章」了，沒什麼好為難的。只不過，詞畢竟是合樂的文體，一定要嚴守四聲；否則，沒有樂律的幫助，詞不僅不能表現出情趣，而且還無法歌唱，這一點要特別注意。至於詞語言的美化問題，那是個人的文學素養，無法做絕對要求；當然，能做到俊逸雋永更好，但切不可以低下情趣，來破壞個人的人品。

三、詞調的概念

「詞調」，就是「詞」的一種「唱調」，俗稱「樂譜」，是詞作的一種模式；它是由一組宮調的管色和殺聲組成的一定旋律的腔調，古人稱做「詞牌」。所有詞作，都必須根據這個模式來製作，不得任意增減字句，或改變形式，這就是「詞」的規律，它具有強制性的服從，除非你另行自度新腔。

詞的調式很多，據《四庫全書》的登錄，共有千五百餘調。當然，在分類上，有以字數的多少做標準來分類的，有以詞的章句結構做標準來分類的，更有以詞與音樂的關係做標準來分類的，可說是各說各話，都不足以為據。本書今以所謂之「小令、中調，與慢詞」來做概分，不做字數之硬性區隔，而視時間之久暫，藉以配合音樂者之習性，及取流俗之易解，或亦有失準確之嫌，但為了方便本書習作上之各項解說計，也只好出權宜之策了。因為本書是以初學者為對象，所以在習作中，是以「小令」為主講內容，間或涉及「中調」；至於「慢詞」，由於字數較多，結構亦較繁雜，尤樂律更有顯著的變化，一般初學者不易掌控各種情況，因之本章不予涉及。

所謂「雙調」，是由詞的上下兩段合組而成的。前人作詞，絕大多數是採用「雙調」的；當然，也有不分段的單調，和分作三段、四段的慢詞的，這可能都與樂律有關。一般的說法，詞的一段，就是樂取的一遍，雙調的詞，就是要將樂曲重演一遍的意思。本來，「雙調」一詞，本原屬十二律中的【夾鐘】均（韻）的一個商調名，她原是八十四個宮調名之一，未知何時移來作為「詞體分類」的代名詞，而且她的格調形式也很雜，有上下二片的字數、句法，及用韻完全相同的，也有完全不同的，更有部分同和部分不同的，真是形形色色，不勝枚舉；當然，這些的不同，是隨樂律的變更而變更，不是詞作者可以任意變更的；但不問為何變更，只要是兩片式的組合，還是叫做「雙調」。當然，小令中也含括單調，雙調中也包括了慢詞；但單調詞因字數過少，不容易伸展其筆力和詞意，故喜愛者不多；雙調中的慢詞，又非本章之主講課題，所以二者在此，一併做掃描式的帶過，不再另予敘述了。

至於雙調詞的製作法，前人當然又是說了一大套的方法和技巧，在我看，其實很簡單，「一切依樣畫符」就行了，我們又不打算自度新腔，又何必自找麻煩？再說，樂律本就有嚴格規定：「本調僅此一體，不得任意變更；凡不守本調之規定者，即屬他調，自應隨他調之規定製作。」這不就結了嗎？所以，我主張：「只要照詞譜上的音調、節奏，填入合乎適性的文字就好了。」古人之所以稱之為「填詞」，就是這個道理。茲草擬有關文字四聲的適樂性一覽表如下，以茲參考。

文字四聲適樂性一覽表

四聲	音質	樂性	情趣	使用時機	可配之音階
平	和暢	高平清亮	柔媚婉約	情意纏綿中	基音：1，2，3，5
上	高亢	嚴峻剛烈	矯健峭拔	豪情激盪中	高八度：2，3，5
去	悠揚	幽怨清遠	宏闊悲壯	拗怒不平中	高／低八度：4，6，7
入	短促	峭勁粗獷	淒涼失落	幽思感慨中	低八度：1，5，6

附註：上列音表，是一種概約值，僅用作參考，不可視之為文字四聲適樂性之理論根據，這僅是個人粗淺的心得，其目的在輔導初學者，快速地進入情況而已，並非立意獨創、標新立異之說，如有不妥之處，尚祈多多指教。

另外，市售之流行歌本，大都配有完整之曲譜，我們亦可以利用其原有之曲譜來重新創作歌詞，尤其是老歌的曲譜，絕大多數是音色極美的樂譜，不妨挑選出幾首自己所喜愛的唱腔來做實習，定會有料想不到的收穫。總之，在前人詞的唱調完全散失的今天，要從詞譜中來探索其樂律的結構，實在有點不勝其煩的感受，所以，現代的文人社會，幾乎嗅不出一點詞的氣味，也難怪詞到今天，已完全失去了生機，悲夫！

四、創作的概念

創作，是一首詞的具體表現，也可以說是學習詞的基本動作。有關創作的程序與方法，自宋以來，論者不下千百，所涉及的範圍亦極廣泛。當然，他們所說的都是些獨創的高遠論述，即使是李白和杜甫再生，也不可能達得到的那種地步；因之，本章不予引用。現在我僅就一般公認的原則與方法，分為「立意、布局，和修辭」三方面分別加以敘述：

（一）立意

簡單地說，立意就是藝術構思的工作。在未提筆之前，光用大腦來繪製整個詞作的基本藍圖，也就是前面所提的「詞作三問法」，先不妨問自己：「寫什麼？如何寫？目標是什麼？」這樣的腦力激盪，就叫做「立意」。

「寫什麼？」是確立主題的問題；主題不確立，就是沒有中心思想；沒有中心思想，情感就找不到方向。

「如何寫？」是建立方向的問題；有了正確的方向，才能引導你的思維活動，向正確的路線前進。

「目標是什麼？」是統一意志的問題；待目標鮮明後，才能集中思維力量，專攻於某一點上，以便節省力量。

以上三點，是我在學習過程中所獨創的「詞作三問法」。或許你認為這沒什麼，但對我來說，我不能沒有它；因為，凡人間任何事物，都可能衍生出正反兩個面來，絕不可能只引發你一種思維活動；就拿愛情一事來說，其間有追求的美夢，有團聚的歡樂，有離別的悲傷，有分手的怨恨等等，這些個情結在思維中，都是一種不可抹殺的切身體驗，也一定都有一個永遠解不開，又丟不掉的情結在，你究竟想寫什麼？打算解開哪個情結？又如何個解法呢？所以，在寫作之前，必先拿定主意，而後才好集中思維去發展其內容細節。唯有這樣，才能展現出詞中的話「言之有物」，不然，東一句，西一句，有如亂石羅列，那就不成章法了。

作詞的材料很多，如史事、時政、山川、人物、風景、草木、時節、習俗，以及廟會、冶遊等等，這些都是寫作的好材料；若要從這些材料中來表達你的思想與感情，並使之展現出「喜、怒、哀、樂」的各種情趣來，那就全看你的構思和修辭的功力如何而定了。當然，這是個人的素養問題，能夠使情趣藝術化固然是最好，但如果無力使之美化，也並不表示這首詞作的失敗；只要是語意通暢，音調鏗鏘，結構切合，仍不失為一首詞作，我們沒必要接受他們的愚弄。只不過有另外幾點值得注意的地方，特在此提出，供大家參考：

- 不用不熟悉的事物做主題，以免暴露自己的無知。

- 不做不具有切身感受的懷念和感嘆，以免言中無物。
- 不做非自己力所能及的時評與物議，以免貽笑大方。

以上三點，是詞作者的共同禁忌。作詞的目的，是在怡情養性，切不可因一時衝動而困擾自己，那就成了「得不償失」的憾事了。

（二）布局

所謂「布局」，就是一首詞的藝術表現的手法。由於詞的結構與一般詩歌不同，致使在布局的方法上，亦有差異。一般的說法，詞的布局，要求「勻整、流貫，和變化」；當然，也要注意到「起、承、轉、合」等屬結構上的基本法則。茲分別做淺顯的詮述如下：

- **「勻整」**——就是指「詞」的意境，要均勻而又完整地分布在詞的全面，依次敘述，井然有序。
- **「流貫」**——就是指「詞」的氣脈要穿流貫通，使整個意境暢達無礙。
- **「變化」**——此則難言矣。據歷代詞論者所說的變化方法，概括起來，約有三四十種之多，然大都不外乎如：「虛實、開合、順逆、疏密」等的一般原則性的話題，我看不引也罷。

詞並非規定一定要有變化的，只要把「勻整、流貫」二項做好就可以了；小令因為語句少，比較容易辦到，慢詞則不易掌控，容在日後另做說明。唯在結構上的「起、承、轉、合」，是有其必要來加以說明如下：

1.起句

起句，就是指詞的第一句話，它是一首詞的開端。在詞作中，一般都認為第一句話最關緊要，因為它確實具有全片詞的啟導作用；尤其是第一個字，大都認為是全首詞的起爆點。的確，一句好的起頭語，不僅能牽引出詞的全部思潮，同時還能使詞別開生面地展現出全詞的個性和風格來。例如：假若你是用平和的語氣發端，幾乎就可以斷定全詞是偏重在綺麗柔媚的情趣；若用拗怒之聲發勢，則詞中定會是滿紙的慷慨激昂；再說，若起語胸襟開朗，會誘導以下詞語如泉水湧注；假若是起語乾澀的話，那不僅會堵塞你的思路，更會處處干擾意境。故起語不能不謹慎使用。然則，如何才是一句好的起語呢？說起來也很簡單，你只要把在思考中最得意，或是最真實的意境片段，點化成詞意的開場白就好了。若再能配合四聲的情趣，那當然更好。今特舉二例來加以說明並印證之：

「**怨懷無託**」——這是周邦彥〈解連環〉一詞的起頭語句。〈解連環〉詞的本意，是描述情場失意的愁苦，其間當然含有許多曲曲折折的過門，因而發生了誤會，也造成了矛盾的現象，「怨懷」，就是作者這時的心情寫照；至於「無託」，是作者這時候的意境景象，有了這兩層意境的引導，你還怕找不著話說嗎？再說，「怨」字是去聲，其樂性是哀沉清遠，最適用於「拗怒不平」中，這也正是作者此時的心情，所以它成為詞史上最佳的起句。

「**怒髮衝冠**」——這是大家所熟悉的〈滿江紅〉起句。由於作者岳飛胸懷中有滿腔的憤怒，所以他用拗怒之字來發引。不過，他是以國家興亡為背景的，所做的拗怒，完全是一股英雄氣概，所以他比周詞「拗怒於失戀中」來得高亮，也比較受人尊敬和愛戴，這就是「起句」的魔力。當然，也得視主題內容而定，切不可一味以豪語或怒句出發，而困擾自己詞意的發展。

2.過片

「過片」，是指詞的「承」和「轉」的泛稱，這是詞學上的專用語言，即是指下片詞的開頭句。「承」是承上，「轉」是轉下，其目的在使上下二片詞意「貫通流暢」的意思。一首詞不管分成多少片，終究還是一首詞；從作詞法上講，上片的結句，要結中帶起；下片的起句，要起中帶承。換句話說，就是要「承上而啟下」，不要因起而斷了詞的本意。所以，「過片」，是上下兩片詞的連接管道。

一般來說，下片的起句，當然是在上片詞意告一段落後，再承接上片詞的餘韻而發起的；但也有在上片結束後，不做承接，另行開發新意的，但必須與主題相含接，不可像野馬樣脫韁亂奔而離隊。在程式上，詞雖可分成數片，但主題只有一個，不管你如何變化，就是不容許離題而他顧，這就是詞的鐵律。究該如何轉承法，今在此舉例並解說如下：

「西窗又吹暗雨」——這是姜白石〈齊天樂・詠蟋蟀〉詞中的下片起頭語。在上句詞的「曲曲屏山，夜涼獨自甚情緒」的結語後，上片詞意已告一段落，似乎是，該說的都已說了，再沒有什麼好說的了；然而，作者可不這樣想，他把空間與人事加以更換，使之由室內轉到窗外，將織婦改換成搗衣女郎，再從頭出發，雖然空間與人事已變換，但依然是思婦與蟋蟀的對唱，一句「西窗又吹暗雨」，使詞的下片意境更上一層樓，將空間與人事推得更遠、更廣，這不能不令人驚嘆不已，後人奉之為「過片」之楷模，確屬應得之榮譽。

3.結尾

結尾，就是詞在最後作結的語句。前人對結語的作法有很多種，有以情語作結的，有以景語作結的，更有以氣度、風骨，或詢問句作結的，這是屬作者個人的習慣性問題，與詞的規律無關。今列舉一些詞例，供大家參考：

- 海棠花謝了，雨霏霏！
  這是溫庭筠在〈遐方怨〉中的結句，是用景語作結。
- 紅燭淚，繡簾垂，夢長君不知。
  這是韋莊在〈更漏子〉中的結句，是用情語作結。
- 待從頭收拾舊山河，朝天闕。
  這是岳飛在〈滿江紅〉中的結句，是以豪氣作結。
- 西風殘照，漢家陵闕。
  這是李白在〈憶秦娥〉中的結句，是以風骨作結。
- 江南江北，幾時歸得。
  這是曾覿在〈憶秦娥〉中的結句，是以詢問句作結。

上列的各種結語，顯然是各具妙境，不過，在感覺上，用景語似較有餘韻，這是因景語比較含蓄的原因。

一般的說法，起語固難，但作結更難。凡前後兩個結語，最關緊要，理想的作法是：「前結應如奔馬收韁，但要勒得住，且要有似住不住之勢；後結應如萬流歸宗，但要收得盡，且要有回還不盡之意。」（見王又華《古今詞論》）這當然是文人詞的眾多說法之一，不過，它畢竟是詞的結語，關係著詞的藝術境界，故我們不能不在意它的好與壞。所以，我主張：「從全詞的語句中，來規劃語意的修飾就夠了，不必要引用他們所說的種種來自我困擾。」今特舉一例，並加以說明如下：

• 人面不知何處，綠波依舊東流。

這是晏殊在〈清平樂〉中的懷人之作。題意是在懷人，當然會有很多懷念的話要說，但詞調每片僅有四句，全詞共八句話，而且前片二十二字，後片二十四字，總共四十六字，又能讓你說多少？在這種情況下，你必須用修辭法，來約束語意的發展。再說，連人在何處都不知道，說再多的話又有何用？到最後，不得不把所有的相思，都付與東流而去吧！這個結語的妙處，就是「詞語雖結，但餘韻猶有未盡」之感。

（三）修辭

所謂「修辭」，是指將原有的詞語本意，使之做藝術化地表現出來，這種修整後的詞語，在詞學上稱之為「藝術的語言」。本來，詞本是一種藝術語言的綜合體，而「修辭」是使語言走向藝術化的唯一手法，這是詞作品的基本要求。因為，詞作品要合樂律的規定，所以不得不用藝術手法來處理。前人在這一方面的說法，多到不下千百種。當然，他們都是有一套大道理在，而且還自認為是世界上唯一的精知獨見的智者，不過他們都忘記了自己是誰了。

語言要藝術，是人立身處世的基本哲學，不僅詞語如此，即人際間之相處，又何嘗不需要？詩歌本屬民間產物，向以通俗化、口語化為本，自初唐將之引入文人社會後，就轉變成為文人社會的玩樂工具，不僅逐漸變更體質，而且還樹立了許多似是而非的方法和戒規，把詞作弄得面目全非，而且還大力排斥民間的作品；如沈義父的《樂府指迷》，就明目張膽地拒斥俚語而高唱文字典雅的作品，他說：「煉字下語，最關緊要；如說桃，不可直說破桃，須用『紅雨』、『劉郎』等字來替代；詠柳，不可直說破柳，須用『章台』、『灞岸』等字來替代……」這一來，把柳永帶來的些許民間氣息，也完全給埋葬了，使文人詞在姜白石一流的「無一點市井氣」的要求下，一心只知視上層需求而服務；他們所謂的「藝術」，就是「典雅」，凡屬有「市井氣」之作品，就不是「藝術語言」。因之，詞在他們繁瑣的清規戒律下，逐步走向死亡。

其實，語言的藝術與否，並不是用「典雅」和「市井氣」來做評量標準的，凡適情愜意之作，都可稱之為「藝術」作品，詞本身無所謂「典雅」與「俚俗」之分，猶如一幅「妙齡女郎畫」一樣，不能因為她穿著樸素，就打入「俚俗」行列之作；直說「破桃」、「破柳」，又何礙於詞品之高潔？由之可見此輩之無聊也。因夫此，我主張：詞語應順其自然發展，不宜硬性或巧作裝飾，有傷詞意的純潔美、原始味；尤其在初學階段，更應隨感而發，依情而結，不宜忸怩作態、故弄玄虛；只要語意通暢、音腔合律，就是佳作；千萬不要受前人說法之影響，把自己困死在起跑點上。茲將詞的發感與作結之基本概念，再做說明如下：

1.隨感而發

所謂「發感」，就是在新詞中所做的種種思維活動。當你在創作新詞前，你必須要有一套具體而又完整的一套腹案在，這就是本章前所說的「寫什麼？如何寫？目標是什麼？」詞作三問法。這套腹案，就是你新詞中的具體內容，除了將思想翻譯成詞的語言，及斟酌字的四聲外，有關意境的開闔，就隨著你既成的思維路線，直接而自然地發展下去，這就叫做「隨感而發」。今列舉前人詞作二首，以做參考：之一：

那年離別日，只道住桐廬，桐廬人不見，今得廣州書。

這是《四庫全書》所載的唐妓劉采春，因懷人而作的〈羅嗊曲〉。此曲一名〈望夫歌〉，為唐待的五言絕句詩轉型而來。詞中語言，全是因感而發，毫無半點作態的氣息，誰能說它不是詞作？

之二：

梳洗罷，獨倚望江樓，過盡千帆都不是，斜暉脈脈水悠悠，腸斷白蘋洲。

這是晚唐溫庭筠（字飛卿）所作的〈憶江南〉，也是一首假借「懷人」而發抒感慨之作，全詞一氣呵成，全無一點粉飾痕跡。

2.依情而結

所謂「依情」，就是依照你在新詞的思維中，已彙整的各種情節而言。前面所講的「立意與布局」，就是對新詞的全盤安排，現在只要遵照詞調的格律，和文字四聲的情趣，將你所凝聚的情節，做妥適地安排上去就行了，不必去考慮前人所說的種種，來打亂已定型的思路。現在，我用「詞作三問法」來舉例說明如下：

「寫什麼？」——一首「懷人」之作。

「如何寫？」——計畫由寂寞而產生思念之情寫起。

「目標是什麼？」——來舒展個人的情緒。

這是新詞的立意和與布局的架構。換言之，就是新詞作的全部情節。現在主題與目標均已定案，所要做的只有該「如何寫」了。按題意是先有寂寞，至於因何寂寞，如何寂寞，則屬個人的感受問題，你可以假借情況抒發，當然也可以真情實錄，只要達到思念之目的即可，這就叫做「依情而結」，「順從你自己的思維情節而發感」之謂也。

總之，詞必言中有物，方能引發他人的感受；語必自然發展，方可通行於民間社會。詞根本無所謂「典雅」與「俚俗」語言之分的，一切都是以人民生活氣息為中心，並由人民以通俗化的語言，來相互傳播，來協助人民取得精神上的娛樂，這就是「詞」的本質和面貌。其實，詞的本名，原就叫做「曲子詞」，也就是我們現今所叫的「流行歌」；自從引入文人社會後，才慢慢成為文學領域中的一種特殊文藝體，直到北宋初期，才正式確立並簡稱之為「詞」的，並由之與民間詩歌做嚴格區分，從此分道揚鑣。這當然是那些長年寄生在權貴門庭之失意文人，為求三餐之繼或平步青雲之機會，竟不惜喪失文人之風骨，來刻意為上層社會「宴饗行樂」而服務的結果。現在，文人詞算是已經蓋棺定論了；也由於前人卑視民間詩歌的傳習，亦使得現代人不知道民間的流行歌曲，就是前人口中所說的「詞」。因之，本章特開闢一節「詞學習作研討」來發凡。一則來說明「詞」與「流行歌曲」的關係，重建「詞學」的學術地位，並進而改良目下所流行的歌詞語言的表達藝術；一則以擷取前人合理的方法與技巧，來簡化詞作的規範，並使之成為通俗化的概念，以便初學者加入創作的行列，來共謀「詞」的中興之道。這就是本章之所以不憚其煩地加以推出之理念。

第二節　詞的習作研討

前面所說的種種，讓我們概略地知道「詞」的起原、發展，及沒落的歷史行程，也了解了文人社會對「詞」的喜愛與拋棄的道學心態；更認識了權貴生活的特質，與朝代興亡的典故。現在，前人都已遠去了，他們把身後事就這樣丟了下來，使我們不得不從敗瓦殘垣中，去尋找尚堪使用的樑柱。本章所提出的各種概念，就是從前人眾多的「清規戒律」中所提煉出來的。現在，就讓我們來實際領會習作的種種技巧和方法吧！

一、隨調填聲習作

- 調名：〈如夢令〉，又名〈憶仙姿〉、〈宴桃源〉、〈比梅〉。
- 製作：本做三十三字，單調，仄韻，中有疊句。
- 調譜：丅－丅－－｜，⊥｜｜－－｜，丅｜｜－－，
  丅｜｜－－｜，－｜、－｜，丅｜｜－－｜。
- 原詞：ˊˋˊˊ—ˋ　Λˇˇˊ—ˋ　ˊˋΛ—ˊ
  曾宴桃源深洞，一曲舞鸞歌鳳，長記別伊時，
  ˊˋΛˊ—ˋ　ˊˋ　ˊˋ　ˊˋˋ——ˋ
  和淚出門相送，如夢、如夢，殘月落花煙重。

• **調釋：** 此曲本名〈憶仙姿〉，為唐莊宗李存勗之詞作，因嫌名不雅，加以他詞中有「如夢」之疊句，乃取名為〈如夢令〉，為單調中最受歡迎之詞調。

• **符號說明：**

1. 前人所常用之平仄符號：

　丅：是一種可平可仄的符號，但以平聲字為主。

　⊥：也是一種平仄可以通用的符號，但以仄聲字為主。

　－：這是一種平聲字的專用符號。

　｜：這是一種仄聲字的專用符號。

2. 今人所用的四聲符號：

　—：代表上平（或陰平）聲。

　✓：撇向上挑，代表下平（或陽平）聲。

　∨：做 V 尾字形，代表上聲字。

　丶：做撇往下落形，代表去聲字。

　Λ：做倒 V 尾字形，代表入聲字

附註： 在詞的四聲中，仍然保留著「入」聲字。

• **習作示例：**

✓丶－✓∨丶　∨丶∨✓∨丶　丶丶∨✓－　✓∨丶✓－丶

昨夜公園小坐，我共影兒兩個，四境悄無聲，唯有月娘相和；

✓丶　∨丶－✓✓∨

無那，好個淒涼的我。

- **檢討步驟及範圍：**
  1. 詞的意境是否通暢？
  2. 詞的文字平仄，是否合於格律規定？
  3. 詞的文字四聲，是否合於歌唱的要求？

二、借曲填聲習作

所謂「借曲填聲」，就是假借他人的曲譜，來作為填作新詞的格律規範。前已說過，製曲是另外一門專業學問與技術，如你已具備這門的智識，當然更好，若沒有亦無所謂，反正現在市售的流行歌本極普遍，從中挑選出幾首自己最喜愛的歌譜來做範本，依其已譜成的音韻，逐聲將文字充填進去，看看可否歌唱。當然，也可以代古詞尋找合適的歌譜，將之配搭成套，這不僅可增加學習的情緒，更能使你從中獲取最大的效益，你將會慢慢發現文字和音律的絕妙關係。現在，我們繼續來做習作吧！

（一）借今曲譜古詞

1.以今曲〈蒙古牧歌〉來譜〈如夢令〉古詞，並做單調示例：

- **調名：**〈如夢令〉，宋媛李清照作，單調，仄韻。
- **曲名：**〈蒙古牧歌〉，北地民族歌謠曲。
- **原詞：**昨夜雨疏風驟，濃睡不消殘酒，試問捲簾人，卻道海棠依舊；知否！知否！應是綠肥紅瘦。

G 4/4 如夢令（單調） 曲：〈蒙古牧歌〉
詞：李清照

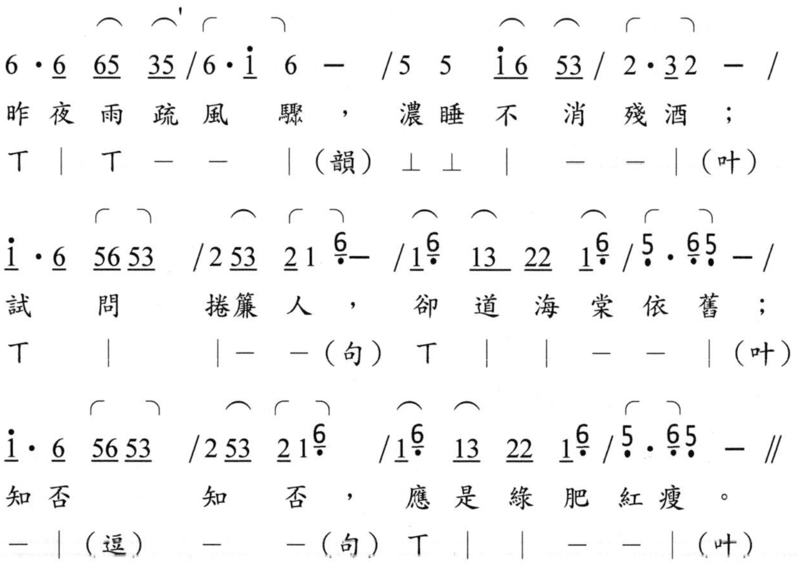

6・6 65 35 / 6・i 6 — / 5 5 i6 53 / 2・32 — /
昨 夜 雨 疏 風 驟 ， 濃 睡 不 消 殘 酒 ；
丅 | 丅 — — |（韻） ⊥ ⊥ | — — |（叶）

i・6 5653 / 2 53 21 6 — / 16 13 22 16 / 5・65 — /
試 問 捲 簾 人 ， 卻 道 海 棠 依 舊 ；
丅 | | — —（句） 丅 | | — — |（叶）

i・6 5653 / 2 53 21 6 / 16 13 22 16 / 5・65 — //
知 否 知 否 ， 應 是 綠 肥 紅 瘦 。
— |（逗） — —（句） 丅 | | — — |（叶）

研討：

上片詞與曲，算是一組臨時的搭配。大體上說，似乎也還算過得去。當然，其中有二處，似乎略顯瑕疵。如第二句「濃睡不消殘酒」中的「睡」字，似乎與曲譜中的「5（Sol）」之音階未完全吻合，音調好像要「高」些，若能將「睡」字由「去」聲改成「上」聲，或將音階中的「5（Sol）」改成「i（Do）」，就完美了。還有在疊句中的第二個「知否」的「知」字，又似乎與音譜中的「2（Re）」音未合，唱起來有點拗口；除非將此「知」字讀作「智」字，否則很難唱出音來。當然，我們只是在研討，譜與詞都是借用，我們也無權修改，改就不是原曲原詞了。這就是四聲與音階的配合關係，聲律不協調，詞是無法歌唱的。

另外，這一例也告訴了我們，前人的曲譜雖然流失，但我們還是可以用今日的流行歌曲譜來補救的。

由上面所引用的「今曲譜古詞」之習作中，讓我們知道了，凡是用〈如夢令〉這個詞調所填的詞，起碼都可以用〈蒙古牧歌〉的曲來譜唱的。現在，我們不妨再來習作另一首吧！

2.現以〈綏遠民歌〉曲，來譜〈西江月〉調的詞，做雙調，並平仄合用示例：

C　4/4　輕快　　西江月（雙調）　　曲：綏遠民謠
詞：朱敦儒

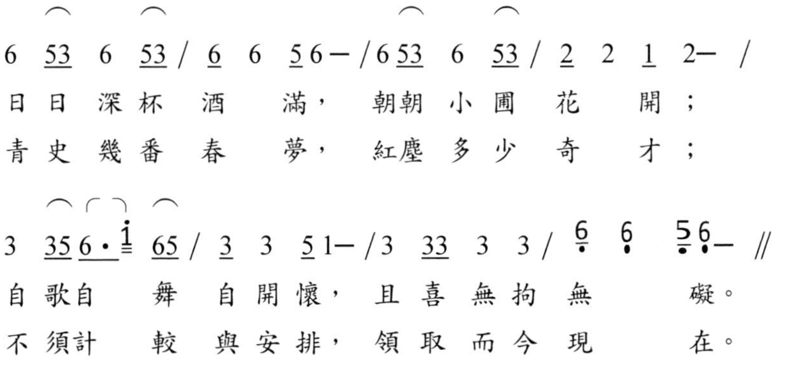

6 53 6 53 / 6 6 5 6 — / 6 53 6 53 / 2 2 1 2— /
日 日 深 杯 酒 滿， 朝 朝 小 圃 花 開；
青 史 幾 番 春 夢， 紅 塵 多 少 奇 才；

3 35 6 · 1̇ 65 / 3 3 5 1— / 3 33 3 3 / 6̣ 6̣ 5̣ 6̣— //
自 歌自 舞 自 開 懷， 且 喜 無 拘 無 礙。
不 須計 較 與 安 排， 領 取 而 今 現 在。

研討：

上詞是流行歌〈虹彩妹妹〉的配曲，今用來搭配前人用〈西江月〉調的詞作品來演唱。檢討這首曲與調及詞的搭配，無論在音腔上、格律上，甚至文字四聲的情韻等，好像都很吻合，說不定就是古詞〈西江月〉調的樂譜。

由於這一首的習作，讓我們了解了曲與詞的基本概念，也證明了「用今曲譜古詞」之作法的可行性；它不僅能幫助了解詞作的特性，更能提高學習情緒，這是一項值得試探的學習方法。

3.今再以上曲來譜《詩經》中的古代詩歌：

C 4/4　　輕快西江月（雙調）曲：綏遠民謠

詞：《詩經．周南．關雎》

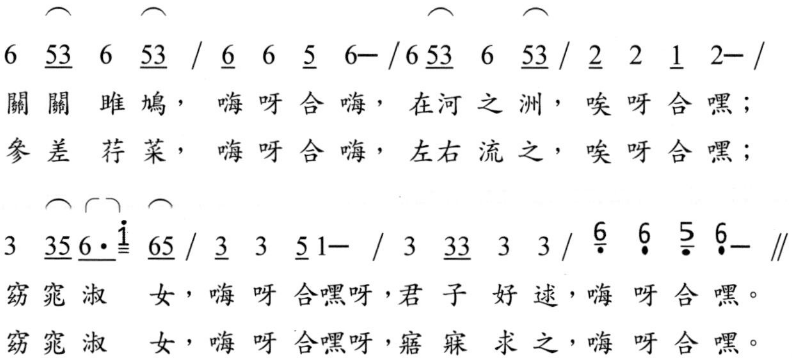

6 53 6 53 / 6 6 5 6— / 6 53 6 53 / 2 2 1 2— /
關關 雎鳩， 嗨呀合嗨， 在河之洲， 唉呀合嘿；
參差 荇菜， 嗨呀合嗨， 左右流之， 唉呀合嘿；

3 35 6・1 65 / 3 3 5 1— / 3 33 3 3 / 6 6 5 6— //
窈窕淑 女，嗨呀合嘿呀，君子 好逑，嗨呀合嘿。
窈窕淑 女，嗨呀合嘿呀，寤寐 求之，嗨呀合嘿。

研討：

上片曲與詞的搭配，個人的感覺是較〈虹彩妹妹〉原歌詞更完美，更具有音色所展現的詩情畫意美。當然，這是古詩歌中內容的強烈表現，但又何嘗不是取與詞的音韻和諧所產生的效果呢！由之可知，用古詩古詞來配今曲，不僅在形象上別開生面，而且在唱和聽，都有一種爽聲悅耳的感受；這條路很值得我們去開發，去經營。

由上的習作得知，凡前人所謂之詞牌、詞調，或唱腔者，即今之所謂之曲調名也。因乎此，凡前人所有同詞牌之作品，即可用今日同一曲譜歌唱之。

（二）借今曲填新詞

在上舉三例中，皆是以今曲譜古詩詞的作法，證明了前人以及古《詩經》中所作的詩歌或詞作，都是今日所謂的民間「流行歌」詞。在原則上，它們都應該是配有曲譜的，不然，又怎麼能歌唱？只可惜，古代的文人社會，喜把詞當作一種文學體裁來研究，演唱則是樂工與歌女之流的事情，他們則是欣享者，故不屑其曲譜之事，以致今日不僅無曲可唱，甚至連「詞」之本義，已日漸使後人也分辨不清了，說起來真令人傷感不已。

現在，我們在這一小節中，進一步來「借今曲習作新詞」，藉以實習自創格局。今做示例如下：

2.以〈綏遠民歌〉之曲譜，來習作自創新詞：

C　4/4　輕快　　　西江月（思鄉曲）　　　曲：綏遠民謠
詞：陳叔祁

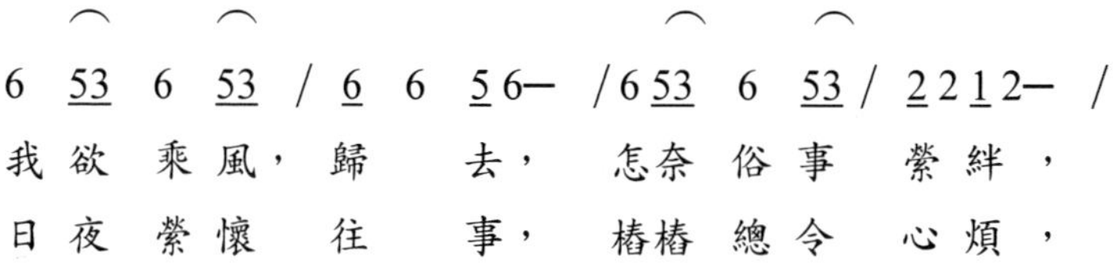

6 53 6 53 / 6 6 56─ /6 53 6 53 / 2 2 1 2─ /
我 欲 乘 風， 歸 去， 怎 奈 俗 事 縈 絆 ，
日 夜 縈 懷 往 事， 椿 椿 總 令 心 煩 ，

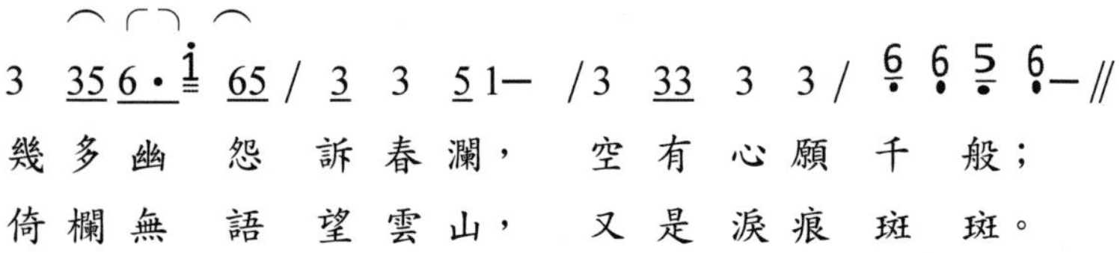

3 35 6・i 65 / 3 3 5 1— / 3 33 3 3 / 6 6 5 6— //
幾 多 幽 怨 訴 春 瀾， 空 有 心 願 千 般；
倚 欄 無 語 望 雲 山， 又 是 淚 痕 斑 斑。

研討：

上詞是一首「借今曲，自創新詞」的習作詞品，內容是將原詞〈虹彩妹妹〉之民謠，改變為〈思鄉曲〉，詞調依然用〈西江月〉詞製作，配上去還滿搭調的。

當然，思鄉，是每一個老兵的切身感受。我就是在這樣的感受下，寫來直感直敘，一切完全是隨感而發的心中話，毫無半點思索痕跡；至結尾也是如此，在話告一段落後，隨即煞尾，也沒有絲毫感受前人種種「清規戒律」的影響。所以，我的思鄉之路完全自由，意境也格外通暢，這大概就是前面所說的「概念」的效果吧！接下來再介紹一首「借今曲，創新詞」的習作，這是一首借用〈蒙古牧歌〉的曲，來譜〈如夢令〉調的新創作。

2.以〈蒙古牧歌〉曲，譜〈西江月〉調之習作：

G 4/4 如夢令（寂寞吟） 曲：〈蒙古牧歌〉
詞：陳叔祁

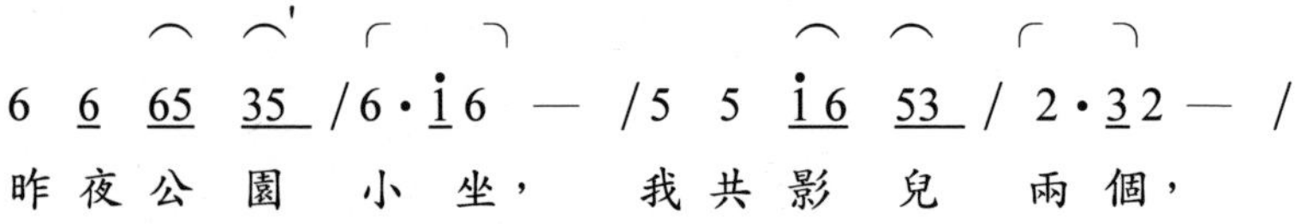

6 6 65 35 / 6・i 6 — / 5 5 i 6 53 / 2・3 2 — /
昨 夜 公 園 小 坐， 我 共 影 兒 兩 個，

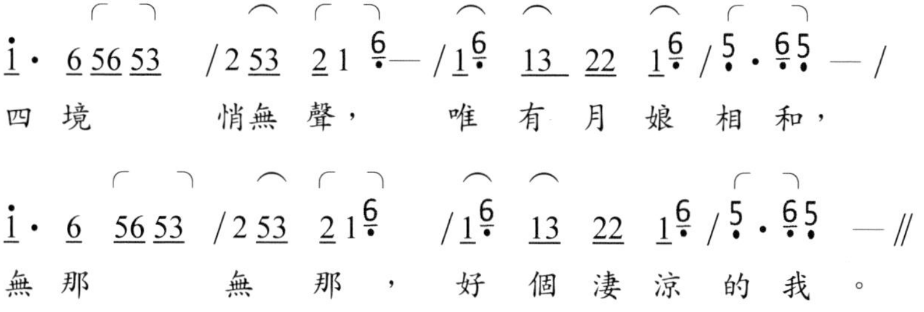

1̇· 6 56 53 /2 53 2 1 6— /1 6 13 22 1 6 /5 · 65 — /

四 境 悄無 聲， 唯 有 月 娘 相 和，

1̇· 6 56 53 /2 53 2 1 6 /1 6 13 22 1 6 /5 · 65 —//

無 那 無 那， 好 個 淒 涼 的 我 。

研討：

這又是一首借曲而自創新詞的習作，唱起來也還很順口，而且在疊句中的表現，已沒有李清照詞的「知否」句那般拗口，這也是一種改良型的製作。詞作就是要「究四聲」、「辨五音」，完全配合曲譜的音階而後已。

在這一次的習作中，我們又了解文字的四聲及五音，與音階的關係。簡單地說，就是要「唱得順口，聽得悅耳」就可以了。現在，再來介紹一種「修改今曲內部分不合用的音節，來配合新詞章」的作法。像這種作法，前人叫做「自度腔」(自度曲)。其作法有很多種，一是完全自製新腔，另一是擷取或刪除原曲部分來配合自度之新腔；當然，也可以取甲曲的部分，與乙曲之某部分混合組成另一支樂曲；這些都是所謂「自度曲」的範圍。我現在從〈懷念〉歌中取前小段曲譜（陳瑞楨作)，及與我的「自度曲」來譜新詞。今示例如下：

3.以「自度曲」譜新詞：

F調 2/4　　　　少年悼歌（戍樓吟）　　　　曲：陳叔祁
詞：陳叔祁

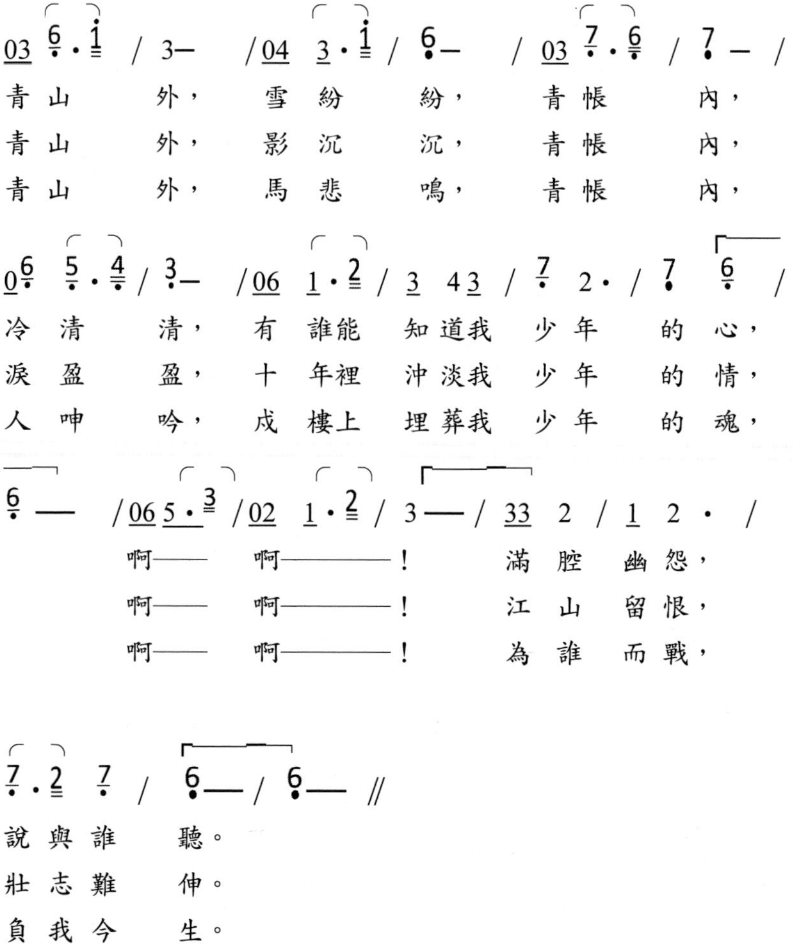

03 6 · 1 / 3— /04 3 · 1 / 6— / 03 7 · 6 / 7 — /
青 山 外， 雪 紛 紛， 青 帳 內，
青 山 外， 影 沉 沉， 青 帳 內，
青 山 外， 馬 悲 鳴， 青 帳 內，

06 5 · 4 / 3— /06 1 · 2 / 3 43 / 7 2 · / 7 6 /
冷 清 清， 有 誰能 知道我 少 年 的 心，
淚 盈 盈， 十 年裡 沖淡我 少 年 的 情，
人 呻 吟， 戍 樓上 埋葬我 少 年 的 魂，

6 — /06 5 · 3 /02 1 · 2 / 3 — / 33 2 / 1 2 · /
啊—— 啊————！ 滿 腔 幽 怨，
啊—— 啊————！ 江 山 留 恨，
啊—— 啊————！ 為 誰 而 戰，

7 · 2 7 / 6— / 6— //
說 與 誰 聽。
壯 志 難 伸。
負 我 今 生。

研討：

上首歌曲，詞是我〈少年之魂〉的主題歌，曲是一半剽竊，一半自度。我沒有學過音樂，算是一次大膽的嘗試，通與不通，我不知道，但唱起來還好像滿合樂的。

在這一次的習作中，也領悟出一個概念，茲說明如下：

（1）在借今曲填新詞時，最好是將欲借之曲譜，不妨多讀幾遍，待你唱熟了後，那就會跟著你所唱的音腔而發出同音階的詞語來。

（2）在替古詞尋找合適的曲譜時，最好先從古詞的四聲中，編排出一個概略的音譜來，而後跟著其音譜來配合音階，到最後再行按樂理來調配節拍就行了。

上詞是一首「滿腔悲憤」的悼詞，在樂理上，是一種「沉鬱而又悲憤」的聲調；加以詞又是以「平聲」字來作結，故我在音色上，多以低八度的「7、6」二音階來配合，藉以增加詞語的「哀傷感」，這就是「樂理」的調配，也是情趣的關鍵所在。另還有「音符同文字、節拍與詞意」的搭配，也是重要的工作，調配不好，就會落腔，或根本無法開口唱。

總之，不管是「依曲填詞」或「就詞譜曲」，都必須從審音著手。所以，審音工作，是詞家、曲家所必修的基本功課。前人所說的種種，都是指詞的格律而言；所以，我一再強調，有他們所說的概念就行了，不必受他們的困擾。因為他們是文人詞，是需要講究檯面的，民間詞用不著那一套的。

第十章　常用詞牌平仄譜

「詞牌」，就是一個宮調的名稱，前人的解釋，是由某一宮調的的管色和殺聲所組成，並具有一定旋律的唱調。簡單地說，就是一支曲子的樂譜。「詞」，是要遵照自己所隸屬的「詞牌」來歌唱的，所以，詞必須標示所屬宮調的名稱，這就叫做「詞牌」。

本來，曲與詞是兩種本質完全不同的專業知識，但詞為了要歌唱，就不得不與曲來打交道，由之，有關曲的各種基本常識，就成為詞作家的必修功課了。文字的四聲與五音，正是融合音律的主要支柱。當然，假若能自己知音而又善於填詞如柳永及周邦彥者，那還有什麼可說的？但在自己無能自度自製時，也只好用「辨四聲、審五音」來填補「不知音」所造成的缺憾了。

詞譜用「平仄」，本書在第五章第四節中已有嚴肅地討論過，然鑑於習性久遠，恐非一時所能改變，不得不在此亦暫沿用之。唯古詞曲牌有達千餘調之多，無法一一列舉，茲將一般較受喜愛之常用詞牌，分單調、雙調二式選列（慢詞除外），並配以四聲與韻叶，以表前人對音韻重視之一般云云。

第一節　單調式詞牌平仄譜

在前人詞作中，屬單調詞的作品不多，這是唐初文人模仿民歌模式所改革的初期作品，也算是詞在萌芽期的產物。據清《欽定詞譜》所登錄的單調詞作，總共還不到一百調，足見前人對單調詞作，也不太感興趣。其中原因，可能是字數太少，無法發抒心中的意境；也或許是認為民間的短歌體裁，多為低下之情趣，有辱文人風格。因之，在少數字之單調短詞中，除了李白、白居易等文人偶爾戲作外，一般均很少有創作發表。

在單調詞作中，較受重視的詞牌有如下幾種，茲分別各舉一例，並分別注入原作者詞品，及詞牌平仄譜等注釋如下：

一、〈望江南〉

- **題解：**此調本為李德裕為亡妓謝秋娘作，原名〈謝秋娘〉；溫庭筠改為〈望江南〉，又叫〈夢江口〉；白居易因思吳宮錢塘之勝，改作〈江南憶〉；劉禹錫又改作〈春去也〉；李煜作〈望江梅〉；馮延巳又作〈憶江南〉；後又名〈歸塞北〉、〈夢遊仙〉等；皆一調而異名也。單調二十七字，至宋始加後片而成雙調。
- **詞譜：**－丅｜（句）丅｜｜－－（韻）⊥｜丅－－｜｜（句）丅－丅｜｜－－（叶）丅｜｜－－（叶）

- **詞例**：江南好，風景舊曾諳；日出江花紅勝火，春來江水綠如藍，能不憶江南？ ——白居易作

二、〈漁歌子〉

- **題解**：此調一名〈漁父〉，和凝諸人所作，平仄互異，自宋以後，皆依〈西塞〉一體統一之。計二十七字。又，黃庭堅增作〈鷓鴣天〉，蘇軾增作〈浣溪沙〉等，皆別一體也。
- **詞譜**：－｜－－｜｜－（韻）－－－｜｜－－（叶）－｜｜（句）｜－－（叶）－－｜｜｜－－（叶）
- **詞例**：西塞山前白鷺飛桃花流水鱖魚肥；青箬笠，綠簑衣，斜風細雨不須歸。 ——張志和作

三、〈如夢令〉

- **題解**：此調本名〈憶仙姿〉，因後唐莊宗作有疊句「如夢」二字，遂以為名；一名〈比梅〉、〈宴桃源〉、〈如意令〉。單調，計三十三字。在單調中，為最受歡迎的詞牌了。
- **詞譜**：丅｜丅－－｜（韻）⊥｜｜－－｜（叶）丅｜｜－－（句）丅｜｜－－｜（叶）－｜（叶）－｜（疊句）丅｜｜－－｜（叶）

• **詞例**：曾宴桃源深洞，一曲舞鸞歌鳳；長記別伊時，和淚出門相送；如夢，如夢，殘月落花煙重。

——後唐莊宗李存勗作

四、〈調笑令〉

• **題解**：此調本名〈轉應曲〉，因第六、七句為倒疊句，故名。一名〈調笑令〉、〈三台令〉，及〈宮中調笑令〉。單調，計共三十二字。

• **詞譜**：－｜（韻）－｜（疊句）｜⊥T－T｜（叶）⊥－⊥｜⊥－（換平）T｜T｜｜－（叶平）－｜（又換仄）－｜（疊句）T｜T－⊥｜（叶仄）

• **詞例**：邊草，邊草，邊草盡來兵老；山南山北雪晴，千里萬里月明；明月，明月，胡笳一聲愁絕。

——戴淑倫作

五、〈搗練子〉

• **題解**：此調因李煜〈秋閨詞〉中有「斷續寒砧斷續風」之句而得名；一名〈深院月〉、〈深夜月〉。單調，計共二十七字。

按：此調格式似與〈解紅〉、〈步虛詞〉、〈桂殿秋〉、〈瀟湘神〉、〈赤棗子〉、〈章台柳〉、〈楊柳枝〉等調極近似，但皆因平仄不同，非同調詞也。

• **詞譜：** －｜｜（句）｜｜－（韻）┬｜－－┬｜－（叶）┬｜｜－－｜｜（句）┴－┬｜｜－－（叶）

• **詞例：** 深院靜，小庭空。斷續寒砧斷續風。無奈夜長人不寐，數聲和月到簾櫳。 ——南唐李煜作

六、〈一葉落〉

• **題解：** 此調為後唐李存勗的自度曲；調名本《淮南子》的「一葉落而天下知秋」之意。存勗好俳優，知音，能自度曲。單調，計共三十一字。

• **詞譜：** ┬｜｜（韻）｜－｜（叶）┬－｜｜┴－｜（叶）｜－｜｜－（句）┬－┴－｜（叶）┴－｜（疊句）｜｜－－｜（句）

• **詞例：** 一葉落，搴珠箔，此時景物最蕭索；畫樓月影寒，西風吹羅幕，吹羅幕，往事思量著。

——後唐莊宗李存勗作

七、〈江南春〉

• **題解：** 寇準自度曲，有「江南春盡離腸斷」之句，故以名調。單調，三十字，六句，三韻。

• **詞譜：** －｜｜（句）｜－－（韻）┬－－｜｜（句）┬｜｜－－（叶）┬－┬｜－－｜（句）┬｜┬－－｜－（叶）

• **詞例**：波渺渺，柳依依。孤村芳草遠，斜日杏花飛；江南春盡離腸斷，蘋滿汀洲人未歸。——寇準作

八、〈望江怨〉

• **題解**：單調，三十五字，七句，六韻，第三、第五、第七句平仄互異。

• **詞譜**：——｜（韻）⊥｜——⊥T｜（叶）TT—⊥｜（叶）⊥—T｜——｜（叶）｜—｜（叶）T｜｜——（句）⊥——｜｜（叶）

• **詞例**：東風急，惜別花時手頻執，羅幃愁獨入；馬嘶殘雨春蕪濕，倚門立，寄語薄情郎，粉香和淚滴。

九、〈何滿子〉

• **題解**：唐崔令欽《教坊記》作〈河滿〉，然此調之始作為滄州歌者何滿所作，故字當作「何」。單調，三十六字，六句，三韻。

• **詞譜**：T｜——⊥｜（句）⊥—T｜——（韻）⊥｜T——｜（句）T—⊥｜——（叶）⊥｜⊥—T｜（句）T—⊥｜——（叶）

• **詞例**：紅粉樓前月照，碧紗窗外鶯啼，夢斷遼陽音信，那堪獨守空閨？恨對百花時節，王孫綠草萋萋。

——毛文錫作

十、〈水晶簾〉

• **題解**：一名〈江城子〉，或〈江神子〉，語出李白〈玉階怨〉：「卻下水晶簾，玲瓏望秋月」句。單調，三十五字，七句，五韻。

• **詞譜**：丅－丅｜｜－－（韻）｜－－（叶）｜－－（叶）⊥丅丅丅⊥｜｜－－（叶）丅｜⊥－－｜｜（句）－｜｜（句）｜－－（叶）

• **詞例**：竹裡風生月上門，理秦箏，對雲屏，輕撥朱弦恐亂馬蹄聲；含恨含嬌獨自語，今夜約，太遲生。

——和凝作

第二節　雙調式詞牌平仄譜

所謂「雙調」，是指詞分成上下兩片而言，也是指樂曲在第一遍演奏完了後，再回頭重複一遍的意思。「雙調」這個名字，好像有些怪怪；它本屬【商調】內的一個調名，為八十四宮調中的一個專用名詞，今又移作詞調分成兩片的代號，常令人莫明所以。在「雙調」詞的結構中，情形有很多種：有上下兩片完全相同的，宋人稱之為「重頭小令」；有上下兩片完全不同的，宋人稱之為「換頭小令」。至於兩片字數同而分句不同，或句式同而押韻不同，或兩片起句不同而中間句式全同，或兩片結句相同而其他皆不同等等，宋人則未加以說明，則不知此等類別該如何稱呼了。後之詞話、詞譜，不加細析精辨，則一概名之為「雙調」，誠屬錯誤之至。由之，「雙調」之名兩相混淆，至今不得其解，實作話、作譜者等妄為之過也。

雖然，在沒有正式定名以前，由於習性已成，本書不得不沿用舊說來作解。綜觀前人作品中，以選「雙調」作詞者，幾占十分之八以上，這當然是「雙調」格式，具有許多優點：如詞牌多，變化大，款式多樣，字句適中，最合適文人的表達方式和口味，由而喜愛的人士增多，也增加了詞牌的多樣化，亦使得文人詞可盡情地表達其才華與感情，這是「雙調」詞之所以成為詞中主流的原因。茲將「雙調」詞牌中的常見之調式，分重頭與換頭兩式，各舉十例，並分別解說如下：

一、重頭小令

（一）〈長相思〉

- **題解**：此調以古詩〈長相思〉而得名；一名〈山漸青〉、〈雙紅豆〉、〈憶多嬌〉、〈青山相送迎〉。有八句全用韻者，有後起句不用韻者，有後片另行換韻者。雙調，計共三十六字，分上下兩片共八句，每句都押韻。

• **詞譜：** ⊥⊥－（韻）⊥⊥－（叶）T｜－－⊥｜－（叶）T－⊥｜－（叶）⊥T－（叶）⊥T－（叶）⊥｜－－T｜－（叶）⊥－T｜－（叶）

• **詞例：** 汴水流，泗水流，流到瓜洲古渡頭，吳山點點愁；思悠悠，恨悠悠，恨到歸時方始休，月明人倚樓。

——白居易作

（二）〈浣溪沙〉

• **題解：** 「沙」或作「紗」，或名〈浣溪紗〉；一名〈小庭花〉、〈滿院春〉、〈廣寒秋〉、〈霜菊黃〉、〈踏花天〉等。雙調，每片七言三句，計四十二字，五韻。

• **詞譜：** ⊥｜－－｜｜－（韻）⊥－T｜｜－－（叶）⊥－T｜｜－－（叶）　T｜⊥－－｜｜（句）⊥－T｜｜－－（叶）⊥－T｜｜－－（叶）

• **詞例：** 一曲新詞酒一杯，去年天氣舊亭台，夕陽西下幾時回？　無可奈何花落去，似曾相似燕歸來，小園香徑獨徘徊。

——晏殊作

（三）〈采桑子〉

• **題解：** 此調亦名〈羅敷媚〉，或〈羅敷艷歌〉。雙調，計四十八字，八句，六韻。

• **詞譜：** T－⊥｜－－｜（句）T｜－－（韻）T｜－－（叶）T｜－－T｜－（叶）　T－⊥｜－－｜（句）⊥｜－－（叶）T｜－－（叶）T｜－－⊥｜－（叶）

•詞例：群芳過後西湖好，狼藉殘紅。飛絮濛濛，垂柳欄干盡日風。　　笙歌散盡遊人去，始覺春空。垂下簾櫳，雙燕歸來細雨中。　　　　——歐陽修作

（四）〈玉樓春〉

•題解：此調即〈木蘭花〉之又一體。唐詞無此名，至五代始見；別名〈春曉曲〉，又名〈惜春容〉，亦有以別名另立調者。雙調，計五十六字，每片七言四句，共六韻，即七言律詩之體制也。

•詞譜：丅－⊥｜－－｜（韻）丅｜丅－－｜｜（叶）⊥—丅｜｜－－（句）丅｜丅－－｜｜（叶）　　丅－丅｜－－｜（叶）⊥｜丅－－｜｜（叶）⊥－丅｜｜－－（句）⊥｜丅－－｜｜（叶）

•詞例：東城漸覺風光好，縠皺波紋迎客棹；綠楊煙外曉寒輕，紅杏枝頭春意鬧。　　浮生長恨歡娛少，肯愛千金輕一笑；為君把酒勸斜陽，且向花間留晚照。

——宋祁作

（五）〈浪淘沙〉

•題解：此調乃唐教坊曲名，後用作詞牌；原為小曲，單調二十八字，亦即為七言絕句一首；以劉禹錫之作為正格，白居易為拗體；自南唐李煜始作〈浪淘沙令〉，依舊曲而作新聲，為雙調；一名〈賣花聲〉、〈過龍門〉、

〈曲入冥〉。宋人另有〈浪淘沙慢〉。本調係雙調，計五十四字，十句，八韻。

- **詞譜：** ㄒ｜｜－－（韻）ㄒ｜－－（叶）ㄒ－⊥｜｜－－（叶）⊥｜⊥－－｜｜（句）⊥｜－－（叶）　⊥｜｜－－（叶）ㄒ｜－－（叶）⊥－ㄒ｜｜－－（叶）ㄒ｜⊥－－｜｜（句）ㄒ｜－－（叶）
- **詞例：** 簾外雨潺潺，春意闌珊，羅衾不耐五更寒；夢裡不知身是客，一晌貪歡。　獨自莫憑欄，無限江山，別時容易見時難。流水落花春去也，天上人間。

——南唐李後主李煜作

（六）〈踏莎行〉

- **題解：** 此調又名〈柳長春〉、〈喜朝天〉；另有〈轉調踏莎行〉，與此調不同。雙調，計五十八字，十句，六韻。
- **詞譜：** ⊥｜－－（句）ㄒ－⊥｜｜（韻）ㄒ－⊥｜－－｜（叶）ㄒ－｜｜－－（句）ㄒ－⊥｜－－｜（叶）　⊥｜－－（句）ㄒ－⊥｜（叶）ㄒ－⊥｜－－｜（叶）⊥－ㄒ｜｜－－（叶）ㄒ－⊥｜－－｜（叶）
- **詞例：** 小徑紅稀，芳郊綠遍，高台樹色陰陰見；春風不解禁楊花，濛濛亂撲行人面。　翠葉藏鶯，朱簾隔燕，鑪香靜逐游絲轉。一場愁夢酒醒時，斜陽卻照深深院。

——晏殊作

（七）〈蝶戀花〉

- **題解**：此調又名〈黃金縷〉、〈鳳棲梧〉、〈鵲踏枝〉、〈一蘿金〉、〈魚水同歡〉、〈捲珠簾〉，以及〈明月生南浦〉等名。雙調，計六十字，十句，八韻。
- **詞譜**：丅｜丅－－｜｜（韻）⊥｜－－（逗）丅｜－－｜（叶）⊥｜丅－－｜｜（叶）⊥－⊥｜－－｜（叶）　丅｜丅－－｜｜（叶）⊥｜－－（逗）丅｜－－｜（叶）⊥｜⊥－－｜｜（叶）丅－丅｜－－｜（叶）
- **詞例**：誰道閒情拋棄久，每到春來、惆悵還依舊；日日花前常病酒，不辭鏡裡朱顏瘦。　河畔青蕪堤上柳，為問新愁，何事年年有；獨立小橋風滿袖，平林新月人歸後。

——馮延巳作

（八）〈天仙子〉

- **題解**：此調本唐教坊曲名，一名〈萬斯年〉；係來自西域，後用作詞牌。詞體有單、雙二體：單調三十四字，有五仄韻、四仄韻、兩仄三平韻，及五平韻四體；雙調六十字，全為仄韻，十二句，十韻。
- **詞譜**：⊥｜⊥－－｜｜（韻）⊥｜｜－－｜｜（叶）⊥－丅｜｜－－（句）－⊥｜（叶）－丅｜（叶）⊥｜⊥－－｜｜（叶）　⊥｜⊥－－｜｜（叶）丅｜⊥－－｜｜（叶）丅－⊥｜｜－－（句）－⊥｜（叶）丅丅｜（叶）丅｜⊥－－｜｜（叶）

• **詞例**：水調數聲持酒聽，午醉醒來愁未醒，送春春去幾時回，臨晚鏡，傷流景，往事後期空記省。　沙上並禽池上暝，雲破月來花弄影。重重簾幕密遮燈，風不定，人初靜，明日落紅應滿徑。 ——張先作

（九）〈卜算子〉

• **題解**：此調一名〈缺月掛疏桐〉、〈百尺樓〉、〈眉峰碧〉、〈孤鳴〉等；另有〈卜算子慢〉。雙調，計四十四字，八句，四韻。

• **詞譜**：⊥｜｜－－（句）⊥｜－－｜（韻）丅｜－－｜｜－（句）⊥｜－－｜（叶）　丅｜｜－－（句）⊥｜－－｜（叶）⊥｜－－｜－（句）⊥｜－－｜（叶）

• **詞例**：缺月掛疏桐，漏斷人初靜；時見幽人獨往來，縹緲孤鴻影。　驚起卻回頭，有恨無人省；揀盡寒枝不肯棲，寂寞沙洲冷。 ——蘇軾作

（十）〈臨江仙〉

• **題解**：此調乃唐教坊曲，敦煌詞作〈臨江仙〉；一名〈謝新恩〉、〈庭院深深〉等；原曲多詠遊仙故事，故名。雙調，有五十八及六十字兩體，柳永乃演作慢詞，計九十三字。今舉五十八字者為例，計十六句，六韻。

• **詞譜**：⊥｜丅－－｜（句）⊥－丅｜－－（韻）⊥－丅｜｜－－｜（叶）⊥－－｜｜（句）丅｜｜－－（叶）　⊥

｜｜——｜（句）⊥—丅｜——（叶）丅—丅｜｜——（叶）丅——｜｜（句）丅｜｜——（叶）

• **詞例**：夢後樓台高鎖，酒醒簾幕低垂；去年春恨卻來時，落花人獨立，微雨燕雙飛。　　記得小蘋初見，兩重心字羅衣；琵琶弦上說相思，當時明月在，曾照彩雲歸。

——晏幾道作

二、換頭小令

（包括上下兩片起句不同，或兩片字數、句式，及用韻等不同，現統歸納於換頭小令中，以求簡化而利習作）

（一）〈相見歡〉

• **題解**：此調乃唐教坊曲名，後用作詞牌；一名〈烏夜啼〉、〈憶真娘〉、〈憶真妃〉、〈月上瓜洲〉、〈秋夜月〉、〈上西樓〉、〈西樓子〉等。雙調，計三十六字，上三句三平韻，下四句平仄互換。

• **詞譜**：丅—⊥｜——（韻）｜——（叶）丅｜丅——｜（逗）｜——（叶）　　丅丅｜（換仄）丅丅｜（叶仄）｜——（叶平）⊥｜丅——｜（逗）｜——（叶平）

• **詞例**：林花謝了春紅，太匆匆，無奈朝來寒雨、晚來風；　　胭脂淚，相留醉，幾時重；自是人生長恨、水長東。

——南唐後主李煜

（二）〈訴衷情〉

- **題解：** 此調亦唐教坊曲名，後用作詞牌，有單調、雙二體：單調三十三字，平仄互用；雙調有四十一字（名〈桃花水〉）、四十四字、四十五字三體。今舉四十五字體一首做例，上四句三韻，下六句三韻。
- **詞譜：** ——丅｜｜——（韻）丅｜｜——（叶）——｜｜—｜（句）｜｜｜（逗）｜——（叶）　—｜｜（句）｜——（叶）｜——（叶）｜——｜（句）｜｜——（句）｜｜——（叶）
- **詞例：** 清晨簾幕捲輕霜，呵手試梅妝；都緣自有離恨，故畫作、遠山長。　思往事，惜流光，易成傷；擬歌先斂，欲笑還顰，最斷人腸。 ——歐陽修作

（三）〈點絳唇〉

- **題解：** 此調因南朝江淹詩「明珠點絳唇」句而得名。一名〈南浦月〉、〈點櫻桃〉、〈沙頭雨〉，以及〈一痕沙〉等。雙調，計四十一字，上四句三韻，下五句三韻。
- **詞譜：** ⊥｜——（句）——丅｜——｜（韻）｜——｜（叶）⊥｜——｜（叶）　⊥｜——（句）⊥｜——｜（叶）——｜（叶）丅——｜（句）⊥｜——｜（叶）
- **詞例：** 寂寞深閨，柔腸一寸愁千縷；惜春春去，幾點催花雨。　倚遍欄干，只是無情緒；人何處，連天芳樹，望斷歸來路。 ——宋媛李清照作

（四）〈菩薩蠻〉

•題解：此調亦唐教坊曲名，後用作詞牌，其調乃緬甸古樂，亦作〈菩薩鬘〉；又名〈重疊金〉、〈子夜歌〉。相傳「女蠻國來聘，高髻金冠，纓絡被體，號為菩薩蠻隊，優人遂製此曲」。此說不可信；據唐《教坊記》記載：開元年間，教坊已有此曲名。一名〈女王曲〉、〈花間戀〉、〈巫山一片雲〉等，皆後來更名。雙調，計四十四字，八句，前後片均兩仄換兩平韻。

•詞譜：丅－⊥｜－－｜（韻）丅－⊥｜－－｜（叶）丅｜｜－－（換平）⊥－⊥｜－（叶平）　⊥－－｜｜（換仄）⊥｜丅－｜（叶仄）丅｜｜－－（換平）丅－丅｜－（叶平）

•詞例：平林漠漠煙如織，寒山一帶傷心碧；暝色入高樓，有人樓上愁；　玉階空佇立，宿鳥歸飛急；何處是歸程？長亭更短亭。　——李白作

（五）〈清平樂〉

•題解：此調亦唐教坊曲名，後用作詞牌，或另一「令」。一名〈憶蘿月〉、〈醉東風〉。雙調，計四十六字，上片四句用四仄韻，下片四句用三平韻，共八句，七韻。

•詞譜：丅－丅｜（韻）⊥｜－－｜（叶）⊥｜丅－丅｜｜（叶）⊥｜丅－丅｜（叶）　丅－丅｜－－（換平）丅－⊥｜－－（叶）⊥｜丅－丅｜（句）丅－丅｜－－（叶）

• 詞例：春歸何處，寂寞無行路。若有人知春去處，喚取歸來同住；　春無蹤跡誰知，除非問取黃鸝，百囀無人能解，因風飛過薔薇。　——黃庭堅作

（六）〈憶秦娥〉

• 題解：此調以李白為首創，中有「秦娥夢斷秦月」句而得名；一名〈秦樓月〉、〈碧雲深〉、〈雙荷葉〉等。有平、仄韻二體，及三十七字、四十一字兩調，皆後人換格也。今舉原調做例，雙調，計四十六字，上下各五句四韻，中各有疊三字句一句。

• 詞譜：－丅｜（韻）丅－丅｜－－｜（叶）－－｜（叶，疊句）丅－⊥｜（句）　｜－－｜（叶）　⊥－丅｜－－｜（叶）丅－⊥｜－－｜（叶）－－｜（叶，疊句）丅－丅｜（句）｜－－｜（叶）

• 詞例：簫聲咽，秦娥夢斷秦樓月；秦樓月，年年柳色，灞陵傷別。　樂遊原上清秋節，咸陽古道音塵絕；音塵絕，西風殘照，漢家陵闕。　——李白作

（七）〈更漏子〉

• 題解：此調因晚唐溫庭筠作〈秋思〉，詞中多云「更漏」而得名。有四十五字、四十六字兩體，但以四十六字為正格，分兩片四段，每段以三字兩句並帶一「六或五字句」換韻，平仄歷代不拘。今舉四十六字體為例，雙調，解說如上。

• 詞譜：｜－－（句）－｜｜（韻）丅－⊥－丅｜（叶）－｜｜（句）｜－－（換韻）⊥－－｜－（叶）　－丅｜（句）丅－｜（換韻）⊥｜丅－｜｜（叶）⊥｜｜（句）｜－－（換韻）丅－⊥｜－（叶）

• 詞例：玉爐香，紅蠟淚，偏照畫堂秋思；眉翠薄，鬢雲殘，夜長衾枕寒。　梧桐樹，三更雨，不道離情正苦。一葉葉，一聲聲，空階滴到明。　——溫庭筠作

（八）〈西江月〉

• 題解：此調亦唐教坊曲名，後用作詞牌；一名〈步虛詞〉。唐五代作平仄韻異部間叶，宋以後則上下片各用兩平韻後再押一仄韻，但須同部。雙調，計五十字，共八句，四平二仄。

• 詞譜：⊥｜丅－丅｜（句）⊥－丅｜－－（韻）丅－丅｜｜－－（叶）丅｜丅－丅｜（換仄）　⊥｜丅－｜⊥｜（句）⊥－丅｜－－（叶平）⊥｜丅｜｜－－（叶平）⊥｜⊥－⊥｜（換仄）

• 詞例：萬事雲煙忽過，百年蒲柳先衰；而今何事最相宜，宜醉宜遊宜睡。　早趁催科了納，更量出入收支，乃翁依舊管些兒，管竹管山管水。　——辛棄疾作

（九）〈鷓鴣天〉

• 題解：此調一名〈思越人〉、〈思佳容〉等。雙調，計五十五字，共九句，六韻。

- **詞譜：** ⊥｜－－⊥｜－（韻）T－⊥｜｜－－（叶）⊥－T｜－－｜（句）T｜－－⊥｜－（叶）　－｜｜（句）｜－－（叶）⊥－T｜｜－－（叶）T－⊥｜－－｜（句）T｜－－⊥｜－（叶）
- **詞例：** 彩袖殷勤捧玉鍾，當年拚卻醉顏紅；舞低楊柳樓心月，歌盡桃花扇底風。　從別後，憶相逢，幾回魂夢與君同；今宵剩把銀釭照，猶恐相逢是夢中。

——晏幾道作

（十）〈虞美人〉

- **題解：** 此調亦唐教坊曲名，原為古琴曲，後用作詞牌，因項羽之虞姬而得名；一名〈一江春水〉、〈玉壺冰〉，與〈桃源憶故人〉之別名〈虞美人影〉無涉。此調有五十六字及五十八字兩體，今舉五十六字體為例，雙調，兩片各二仄二平。
- **詞譜：** T－T｜－－｜（韻）⊥｜－－｜（叶）⊥－⊥｜｜－－（換平）⊥｜⊥－T｜｜－－（叶平）　T－⊥｜－－｜（換仄）⊥－－｜（叶仄）⊥－T｜｜－－（換平）⊥｜⊥－T｜｜－－（叶平）
- **詞例：** 春花秋月何時了，往事知多少；小樓昨夜又東風，故國不堪回首月明中。　雕欄玉砌應猶在，只是朱顏改；問君能有幾多愁，恰似一江春水向東流。

——南唐後主李煜作

新銳文叢40　PG1159

新銳文創
INDEPENDENT & UNIQUE

詞藝之美
——南瀛詞藝叢談

作　　者　陳恢耀
責任編輯　廖妘甄
圖文排版　段松秀
封面設計　蔡瑋筠

出版策劃　新銳文創
發 行 人　宋政坤
法律顧問　毛國樑　律師
製作發行　秀威資訊科技股份有限公司
114 台北市內湖區瑞光路76巷65號1樓
電話：+886-2-2796-3638　傳真：+886-2-2796-1377
服務信箱：service@showwe.com.tw
http://www.showwe.com.tw
郵政劃撥　19563868　戶名：秀威資訊科技股份有限公司
展售門市　國家書店【松江門市】
104 台北市中山區松江路209號1樓
電話：+886-2-2518-0207　傳真：+886-2-2518-0778
網路訂購　秀威網路書店：http://www.bodbooks.com.tw
國家網路書店：http://www.govbooks.com.tw

出版日期　2015年1月　BOD一版
定　　價　300元

Printed in Taiwan

國家圖書館出版品預行編目

詞藝之美：南瀛詞藝叢談 / 陳恢耀著. -- 一版.
-- 臺北市：新銳文創, 2015.01
面； 公分. -- (新銳文叢；PG1159)
BOD版
ISBN 978-986-5716-40-0 (平裝)
1. 詞

823 103025171

讀者回函卡

感謝您購買本書，為提升服務品質，請填妥以下資料，將讀者回函卡直接寄回或傳真本公司，收到您的寶貴意見後，我們會收藏記錄及檢討，謝謝！

如您需要了解本公司最新出版書目、購書優惠或企劃活動，歡迎您上網查詢或下載相關資料：http:// www.showwe.com.tw

您購買的書名：______________________________

出生日期：________年________月________日

學歷：□高中（含）以下　□大專　□研究所（含）以上

職業：□製造業　□金融業　□資訊業　□軍警　□傳播業　□自由業

□服務業　□公務員　□教職　□學生　□家管　□其它_____

購書地點：□網路書店　□實體書店　□書展　□郵購　□贈閱　□其他

您從何得知本書的消息？

□網路書店　□實體書店　□網路搜尋　□電子報　□書訊　□雜誌

□傳播媒體　□親友推薦　□網站推薦　□部落格　□其他__________

您對本書的評價：（請填代號　1.非常滿意　2.滿意　3.尚可　4.再改進）

封面設計____　版面編排____　內容____　文／譯筆____　價格____

讀完書後您覺得：

□很有收穫　□有收穫　□收穫不多　□沒收穫

對我們的建議：______________________________

____

____

____

請貼
郵票

11466
台北市内湖區瑞光路 76 巷 65 號 1 樓
秀威資訊科技股份有限公司 收
BOD 數位出版事業部

....

（請沿線對折寄回，謝謝！）

姓　　名：＿＿＿＿＿＿＿＿　年齡：＿＿＿＿　性別：□女　□男

郵遞區號：□□□□□

地　　址：＿＿＿＿＿＿＿＿＿＿＿＿＿＿＿＿＿＿＿＿

聯絡電話：(日) ＿＿＿＿＿＿＿＿＿＿ (夜) ＿＿＿＿＿＿＿＿＿＿

E-mail：＿＿＿＿＿＿＿＿＿＿＿＿＿＿＿＿＿＿＿＿